H. CANDELIER

RIO-HACHA

ET

Les Indiens Goajires

ILLUSTRATIONS

DE

LOËVY & ROGUET

30330

PARIS

Librairie de Firmin-Didot & Cie

Imprimeurs de l'Institut, rue Jacob, 56

—

1893

RIO-HACHA

ET

LES INDIENS GOAJIRES

Henri Candelier, compagnon de son père, mort en mission
à l'âge de 19 ans, le 24 juin 1890.

RIO-HACHA

ET

LES INDIENS GOAJIRES

PAR

H. CANDELIER

PARIS

LIBRAIRIE DE FIRMIN-DIDOT ET Cⁱᴱ

IMPRIMEURS DE L'INSTITUT, RUE JACOB, 56

—

1893

A MON BON ET VIEIL AMI

ALEXANDRE BISSON

Je dédie ce Livre.

H. CANDELIER.

30 mai 1893.

Cher Monsieur,

C'était peut-être en 1874, sûrement en 1875.
A cette époque, existait au ministère de l'Instruction publique, au rez-de-chaussée, donnant sur la
rue de Bellechasse, une sorte de cave bitumée où
paperassaient une demi-douzaine d'employés. Les
plus favorisés, les anciens, étaient placés côté Bellechasse. Côté cour, j'entends cour du ministère,
s'installaient tant bien que mal, surtout mal, les
budgétivores de la dernière heure.

L'atmosphère de cette cave, qui portait alors le
nom de « *Bureau du dépôt des livres et des Biblio-
thèques scolaires* », était lourde. Aussi haut qu'il
fût à l'horizon, le soleil ne pénétrait jamais dans ce
« Conservatoire des rhumatismes » aujourd'hui par-
queté, illuminé, assaini.

Seul le rire puissant de la jeunesse y circulait en liberté.

Un jour entra, chapeau en mains, respectueux et amer à la fois, un auteur de province, d'âge mûr, qui désirait savoir si la « *Commission d'examen des livres* » avait été favorable à l'un de ses ouvrages. Il s'avança vers l'employé chargé de centraliser les rapports et lui adressa la parole de la manière que voici :

— Monsieur, j'ai re-re, j'ai re-re-remis au mimi, au mimi-ni, ni, nis..... tère, depuis très long-temps, un vo,-un vovo, un vo,-un vovo-volume dont je n'ai re-re, dont je n'ai re-re-re, rere-reçu aucune nou-nouvelle.

Il s'épongea le front que l'effort de la conversation avait inondé de sueur, pendant que l'employé interpellé, suffoquant de colère, assujettissait son lorgnon avec violence et répondait :

— M'-M'-monsieur, vous imaginez-vous que-que-que que-que-que les employ-les employ-ploy-ployés de l'État soient assez co-co-coco-orvéables pour qu'on puisse se momo-mo-moquer..... d'eux ?

— Je me plain-plain-plainplain... drai au mimi, au ministre, fit le visiteur. On est mal venu à tou-

tou-tou-tourner en ridi, en ridicule l'infir-l'infir-fir-mité mê-même lélé-lé-légère d'un élec-d'un élec-lec-leclec... teur.

L'employé essayait vainement d'interrompre et de protester. Sa figure convulsée passait par toutes les couleurs de l'arc-en-ciel, tandis que de sa gorge congestionnée s'échappaient des sons barbares, scandés, entrecoupés involontairement. Les camarades, pris de folie, se tordaient sur leurs sièges et n'avaient pas la force de s'interposer entre les interlocuteurs exaspérés qui se déco-co-co,-déco-chaient des injures et menaçaient d'en arriver à un vulgaire pugilat.

La sagesse apparut sous les traits d'un garçon de bureau qui clama à tue-tête : — Mais vous ne voyez donc pas que vous êtes bègues tous les deux?

Le tumulte s'apaisa devant cette vérité.

Je ne nommerai pas l'employé. Il est devenu depuis l'un des propriétaires fonciers les plus recommandables du sud-ouest de la France, et sans doute a-t-il oublié l'aventure. Vous en avez été témoin par hasard. J'en ai suivi les inoubliables péripéties, parce que j'avais des raisons très particulières de fréquenter rue de Grenelle.

C'est de là que date entre nous une cordialité
si bien développée par le temps que vous me faites
aujourd'hui l'honneur amical de me demander pour
vous et pour votre livre une présentation au public.

Je vous en sais gré, et je m'en effraie.

Il ne suffit pas d'avoir vécu vingt années avec les
explorateurs, de s'être intéressé passionnément à
leurs entreprises, de les avoir défendues, soutenues,
d'avoir participé à leur organisation et dans une certaine mesure à leur direction, pour décréter en tête
d'un volume de voyage que le lecteur aura tout bé-
néfice à le lire.

Que n'avez-vous sollicité la plume éloquente de
l'un des savants illustres qui ont pesé et analysé
les résultats si nouveaux et si riches de vos courses
à travers l'inconnu?

Votre modestie s'est refusée à cette démarche?
Tant pis pour votre modestie. Je la blesserai de mon
mieux; car vous n'imaginez pas que je vais né-
gliger ce qui caractérise à mes yeux la souplesse,
l'énergie et la dignité de votre individualité.

Il y a loin de vos débuts et de vos succès au bar-
reau à votre première exploration de la Sierra Nevada!

Dans l'intervalle, une préoccupation patriotique
vous absorbe et vous fondez sur des bases solides
les concours nationaux de tir. Par le journal que
vous rédigez en chef, par une propagande parlée de
chaque jour, vous parvenez à grouper autour de vous
une foule de jeunes hommes attentifs à vos généreux enseignements. Le gouvernement applaudit à
vos tentatives fécondes et vous décore. Vous ai-
guillez plus tard votre vie dans un autre sens. Ap-
puyé sur des amitiés artistiques, qui ont apprécié
votre jugement sûr des choses du théâtre, vous
devenez en quelque sorte l'Éminence grise de l'un
des plus jeunes et des plus intelligents directeurs
de Paris.

La tarentule des voyages vous pique enfin. Vous
voilà parti vers les cimes neigeuses de l'Amérique
méridionale. Pendant deux années, vous les esca-
ladez et vous en rapportez des indications inédites.
A peine de retour en France vous souhaitez de nouvelles émotions; vous allez à leur poursuite et vous
les trouvez au cœur de la péninsule Goajire.

Ce que vous avez découvert chez les beaux Indiens athlétiques de cette région, qui n'avait reçu,
avant vous, la visite d'aucun Français, est raconté

dans votre livre avec une simplicité charmante.

Le sans-façon de vos récits décèle une sincérité absolue et provoque la sympathie. Pas un détail de ce que vous avez si bien vu n'est omis en vos pages familières; mais votre discrétion est excessive lorsque vous nous entretenez des difficultés surmontées, des périls conjurés et des douleurs vaincues. Dieu sait si le nombre en a été grand et si le souvenir en demeure cruel !

En peu de mots, vous nous parlez du jour où vous avez senti passer sur votre front les ailes noires de la mort; et vous ne nous confiez pas qu'une blessure saigne encore au fond de votre âme.

Certes, on sent que vous êtes fier d'avoir enrichi le trésor scientifique de la France; mais vous n'avouez pas le prix exorbitant de cette contribution : la vie d'un adolescent, doux, brave et bon, votre compagnon fidèle, votre cher fils !

Je salue sa mémoire respectueusement, quelle que soit la tristesse que je réveille ainsi.

Il faut parler de tels morts. Le public doit savoir qu'ils ont existé et les inscrire au nombre des martyrs dont le culte est éternellement sacré.

Être anéanti, à dix-neuf ans, par une fièvre pa-

ludéenne au moment où l'on va, le premier, frater-
niser avec une race indomptable et indomptée,
quelle pitié! Et malgré le coup effrayant qui vous
frappe, en dépit de l'abîme insondable qui s'est
creusé, ne pas s'arrêter en chemin, aller jusqu'au
bout, pour l'honneur de la France, quelle vertu!

C'est ce que vous avez fait, sans phrases, sans
bruit. Dans l'étude des Goajires, sous leur tente, à
leur foyer, au milieu de leurs bois, vous avez assez
retrempé vos nerfs pour amasser des matériaux
précieux et nous en faire l'abandon. Merci.

Grâce à vous, nous aimerons un peuple que la
civilisation n'a pas défiguré. Ses qualités et ses défauts ont toute la saveur de la nature vierge. Je les
adore vos Goajires, tels qu'ils sont. Mon vœu très
ardent est qu'on ne les civilise pas. Vous assurez
qu'on les détruira et qu'on ne les asservira pas?
Vivent les Goajires! De quel droit prétendrait-on,
d'ailleurs, leur imposer les chinoiseries de notre état
social? Leurs mœurs m'apparaissent comme un
privilège légitime dont on ne saurait les déposséder
sans injustice. Au surplus, elles sont admirablement
réglées ces mœurs.

Il ne me semble pas qu'on puisse en vouloir aux

Goajires, par exemple, de la condition un peu effacée
de la femme dans le ménage, ni des travaux pénibles qui lui incombent. Ne rachètent-ils pas cet
abus par l'horreur de l'adultère et la punition radi-
cale dont il est l'objet?

Une femme goajire ne se livre jamais à deux
hommes? C'est tout bonnement merveilleux ce que
vous nous certifiez là! Si par malheur une Indienne
a la chair faible, si un Indien trompe un voisin ou
un ami, le code goajire, code de tradition auquel
M. Prudhomme, le « législateur », n'a pas tra-
vaillé, est appliqué sans rémission et les coupables sont punis de mort! Notons que les mariages
ici sont libres; aucun paraphe de notaire, aucune
bénédiction de prêtre. Et néanmoins l'union est in-
dissoluble, entourée de telles garanties morales et
d'un tel respect, qu'une Indienne soupçonnée d'un
sentiment plus ou moins tendre pour un autre
homme que son époux est méprisée et repoussée de
partout.

Voilà quelque chose d'original, convenons-en.

Il n'en va pas de même à Paris. Nous y sommes
infiniment plus terre à terre. L'union libre y est
souvent aussi solide et aussi respectable que chez

les Goajires; mais elle est mal portée. En revanche,
les mariages munis de tous les sacrements préoc-
cupent parfois les tribunaux, le monde et la ville.
On sait que Madame X... n'est pas d'une fidélité
infaillible, que Monsieur Z... père d'une famille
nombreuse a subi des collaborateurs. Qu'importe?!
Madame Z... et madame X... n'en sont pas moins
reçues avec honneur par les gens les plus scrupu-
leux. Elles sont dûment mariées; par conséquent,
tout leur est permis.

C'est ce qui choquerait terriblement les Goajires,
n'est-ce pas, cher Monsieur?

Il n'y a décidément pas moyen de s'entendre avec
vos sauvages.

Sentiments dévoués.

Raoul DE SAINT-ARROMAN.

RIO-HACHA

ET

LES INDIENS GOAJIRES

CHAPITRE I.

COMMENT JE DEVINS EXPLORATEUR.

Dès ma jeunesse, j'avais le goût des voyages.

Aussi loin que peuvent se reporter mes souvenirs, je me rappelle que mon plus grand bonheur, le soir à la veillée, était de dévorer, je ne puis me servir d'autre expression, les récits de Fenimore Cooper, et surtout les aventures de Robinson Crusoé! Ah! Ce pauvre Robinson dans son île, comme il avait capté mon imagination enfantine! Que de fois j'ai lu et relu ce livre pour ainsi dire classique, et quel plaisir nouveau chaque fois il me procurait! Et son pauvre Vendredi, ce dévoué compagnon, comme je l'aimais! Quelle affection reconnaissante je lui avais vouée!

J'étais bien plus heureux encore, quand un vieil oncle, ancien capitaine des armées du premier Empire, venait passer quelques semaines dans ma famille. Quelle fête c'était pour moi de lui faire raconter ses campagnes! Je n'avais pas assez d'oreilles pour l'écouter! Il me prenait sur ses genoux, et alors les questions n'en finissaient plus. Je l'interrogeais sur tout en même temps; ses réponses ne venaient jamais assez vite, n'étaient jamais assez complètes. Il fallait qu'il entrât dans les plus minutieux détails, sur les guérillas d'Espagne, les embuscades, les dangers de chaque instant; sur la retraite de Moscou, les steppes de la Russie, le passage de la Bérésina, etc... etc... il devait me citer toutes les villes qu'il avait traversées, les batailles auxquelles il avait assisté. Je frémissais d'émotion, et cette émotion grandissait avec les périls.

Plus tard au collège, je recherchais comme camarades, les jeunes gens ayant les mêmes goûts que moi : presque toujours nos conversations roulaient sur le même sujet, nous nous montions mutuellement la tête. Avec mon voisin de classe, entr'autres, nous faisions les plus beaux projets. A la fin de nos études, nous devions parcourir ensemble le monde, aller de l'Afrique à l'Asie, de l'Asie à l'Océanie, voir aussi les deux Amériques.

Puis, comme toujours il arrive, ces beaux rêves s'envolèrent en fumée.

La famille s'interposa.

Il fut décidé que je ferais mon droit, et que je serais avocat.

Il fallut bien s'y résigner.

Les années se succédèrent; et j'avais renoncé tout à fait à une carrière, pour moi si pleine d'attraits, quand, par le plus grand des hasards, une rencontre imprévue vint raviver tous mes regrets, tous mes désirs, et changer momentanément la face de mon existence.

A la fin d'octobre 188., je flânais philosophiquement sur les grands boulevards, voulant profiter des derniers et chauds rayons d'un beau soleil d'automne, quand je vis venir vers moi, la main tendue, un jeune homme de 35 à 36 ans, aux traits jaunes et maladifs, à la mine triste et amaigrie d'un convalescent.

— Comme je suis heureux de te rencontrer, mon cher ami, me dit-il, y a-t-il longtemps que nous ne nous sommes vus?

Je demeurai un peu interloqué, je l'avoue, par cette apostrophe soudaine, et je dévisageai ce Monsieur des pieds à la tête, sans pouvoir mettre de prime abord, comme on dit vulgairement, un nom sur sa figure.

Mais lui, insistant :

— Tu ne me reconnais donc pas?

Cette fois, le son de sa voix me frappa.

— Ah mon pauvre X... lui répondis-je, excuse-moi : tu m'as tellement pris à l'improviste, qu'au premier moment...

C'était bien lui en effet, l'ami X... mon ancien camarade de collège, mon voisin de classe, mais Dieu! était-il changé, le pauvre garçon!

Il comprit très bien mon hésitation et devina ma pensée :

— Tu me trouves vieilli, n'est-ce pas?

Il me prit le bras, et remontant avec moi les boulevards, il me raconta en quelques mots son histoire, depuis notre dernière entrevue qui pouvait dater environ de trois ans.

Poussé par l'irrésistible amour des voyages, il était parti comme ingénieur à l'Isthme de Panama, y avait passé dix-huit mois environ, et en était revenu à moitié mort.

Cette absence ne lui avait guère réussi, les fièvres paludéennes l'avaient pris six mois après son arrivée là-bas.

— Malgré cela, disait-il, tu ne peux te figurer combien je suis heureux d'avoir été dans ces contrées!

Et alors pendant plus d'une heure, il me parla avec un tel enthousiasme d'une race d'Indiens encore complètement inconnue en France, les Indiens de la péninsule Goajire; il me vanta tellement la beauté de cette race, que je me sentis vivement empoigné.

— J'ai été amené à les connaître, ajouta-t-il, pendant un mois de séjour que je fis à Rio-Hacha, ville située sur la côte nord de Colombie, et séparée seulement de ces peuplades par le fleuve « Le Calancala ».

Mon plus grand regret est de n'avoir pu aller les étudier chez eux. Il faut voir ces hommes, à l'allure mâle et virile, à la démarche noble et fière, drapés dans leurs manteaux à la Romaine, et leurs types de femmes aux formes opulentes et fermes, à la figure douce et résignée. Ah, si je n'avais pas été souffrant! Mais toi, pourquoi n'irais-tu pas jusque-là? Qu'as-tu de mieux à faire? Toute cette partie de la côte colombienne est saine, je te le répète, c'est une intéressante et curieuse exploration à entreprendre. Aurais-tu renoncé à nos projets de collège?

— Oh certes non, si j'étais libre; mais aujourd'hui je suis marié, et de plus je n'ai plus vingt ans.

— Crois-moi, mon cher, n'hésite pas, tu t'en féliciteras et tu m'en remercieras même un jour.

Sur ce, nous nous séparâmes, après une bonne
poignée de main.

Rentré chez moi, cette conversation me revint à
l'esprit : je n'y attachais pas tout d'abord une bien
grande importance. Puis peu à peu, cette idée gran-
dit, s'imposa, prit un corps très net, me poursuivit
partout, m'obséda. Je ne pouvais plus rien faire. J'a-
vais toujours devant les yeux les descriptions séduisantes que m'avait faites mon camarade X... de ces
pays tropicaux, de leurs habitants, de cette nature
agreste, de cette végétation différente de la nôtre,
et, mon imagination aidant, j'en étais arrivé à me
représenter ces tribus lointaines, comme une caste
encore absolument primitive, des sortes d'athlètes.

Je ne rêvais plus que de mes Indiens Goajires,
et pourtant je fus encore un certain temps indécis.

Ah! si j'eusse été célibataire, ma résolution aurait été
vite prise, mais quitter une femme bonne et dévouée,
des enfants charmants et affectueux, ne laissait pas
que de me rendre fort hésitant. La lutte entre mon
cœur et l'inconnu mystérieux qui m'attirait, fut assez longue et vive. Involontairement, je me rappelai
la ravissante comédie d'Octave Feuillet, *Le Village,*
et cette scène si navrante dans sa simplicité, où Rou-
vière raconte à son ami Dupuis, son agonie dans une
misérable chambre d'auberge en Italie, cette soli-

tude, cet abandon, cette indifférence générale, et le
tableau si éloquent qu'il fait d'une mort sans parents
et sans larmes.

On eut dit que j'avais l'intuition de l'affreuse maladie qui devait m'atteindre aussi là-bas!

Enfin, un beau jour, d'accord avec ma famille,
mon départ fut décidé. Grâce à l'appui d'un de mes
meilleurs amis, j'avais obtenu du ministère de l'Instruction Publique, une mission d'études ethnographiques en Colombie.

Et le 10 juillet 188., muni de tout le bagage nécessaire à un explorateur, je m'embarquais plein de
courage et d'espérances à bord d'un des vapeurs de
la Compagnie Transatlantique, à destination de Savanilla.

CHAPITRE II.

LA TRAVERSÉE. — ARRIVÉE A SAVANILLA-BARRAN-
QUILLA. — VOYAGE DE BARRANQUILLA A RIO-HACHA
PAR LA CIÉNAGA ET SANTA MARTA.

Je dirai peu de choses de la traversée : elles sont
presque toujours les mêmes, généralement peu di-
vertissantes.

Invariablement, les premiers jours, à part quelques exceptions, le bateau ressemble à un hôpital. Quelles figures allongées on voit! La salle à
manger est vide, le pont est désert, chacun paye
plus ou moins son tribut à la mer.

Mais bientôt les estomacs les plus délicats s'habi-
tuent au mouvement du navire, les migraines dis-
paraissent et tout change d'aspect ; les tables se
remplissent comme par enchantement. L'appétit
revient, les cuillères et les fourchettes font entendre
sur les assiettes leur bruit joyeux et particulier; on
rattrape le temps perdu.

Sur le pont, les groupes se forment, les conversations s'engagent; on se promène, on fume, on s'étend
sur sa chaise longue, soit pour lire, rêver ou som-
meiller; tandis qu'au salon les amateurs se mettent
au piano, et qu'au fumoir quelques jeux s'établissent.

Le soir, on fait de la musique et tout le répertoire
des airs connus y passe. On y organise de petites
sauteries si on a la chance de voyager en compagnie de quelques jeunes dames. Ne vous étonnez
pas de voir même quelquefois flirter. La mer a des
vertus qui rendent les messieurs si aimables.

Chaque voyage amène presque toujours quelqu'é-
bauche de roman, qui devient la distraction de toutes
les personnes du bord. On en suit les diverses péripéties avec un intérêt où perce toujours, il est vrai, une
certaine pointe de jalousie. Les potins aigre-doux
qui circulent à cette occasion, sont toujours fort
amusants; on se croirait transporté dans une toute
petite ville, au fin fond d'une province.

Les quelques escales que l'on fait en route sont
très connues aujourd'hui : tout le monde sait par les
nombreux récits qu'en ont fait les voyageurs, ce que
sont nos belles îles des Antilles, la Guadeloupe et la
Martinique. Qui n'a entendu parler de Pointe-à-Pitre
et de Basse-Terre, de Saint-Pierre et surtout de Fort-

Fig. 2. — Type de Martiniquaise.

de-France? Tout cela est presque du domaine public.

Je me ferais un scrupule cependant, de ne pas dire un mot des négresses, qui, dans ce dernier port, apportent sur les vapeurs, la provision de charbon. C'est un des épisodes saillants, un des souvenirs de la traversée. Longtemps avant d'arriver à la Martinique, chaque passager est prévenu du spectacle qui l'attend là-bas; on le lui promet comme une grande curiosité, une *great attraction,* et il y a même souvent assez d'exagération, je l'avoue.

En réalité, le coup d'œil est pittoresque. Rien n'est plus curieux en effet, que de voir toutes ces négresses, court-vêtues, la peau et le costume entièrement noirs, passant et repassant à la file, au nombre de cinquante au moins, avec une manne sur la tête! Tout en marchant, elles se dandinent et chantent un refrain créole monotone. Tout d'un coup, quand leur manne est vide, elles interrompent un instant leur travail pour danser une ronde du pays, avec des poses et des déhanchements bizarres. Un nègre assis frappe gravement avec les mains, sur un tambour qu'il tient entre les jambes, et accompagne ainsi leurs ébats.

Quand ce travail se fait la nuit, et que la lumière électrique éclaire cette scène de ses reflets et de ses tons crus, toutes ces femmes à figure grimaçante,

avec leurs yeux ardents et leur large rangée de dents
blanches vous produisent une singulière sensation !
Involontairement, elles vous font songer aux sor-
cières de Macbeth, exécutant quelque danse macabre !

Le type indigène est fort laid en général, hommes
et femmes. Celles-ci ont conservé les modes Empire,
du temps de leur compatriote l'impératrice José-
phine : elles ont les robes à taille courte et les étoffes
légères à grands ramages. Leur coiffure consiste en
un madras enroulé autour des cheveux et terminé
par deux cornes.

Le dimanche, quand tout ce monde est réuni à
l'église, vous ne pouvez vous figurer quel aspect imprévu présente ce bariolage de costumes aux vives
couleurs.

On y rencontre quelquefois une ou deux assez jo-
lies filles.

Il y a trois promenades charmantes à faire aux
environs de Fort-de-France ; la fontaine Didier, la
fontaine d'Absalon et le camp de Balata. Celui-ci,
que j'eus l'honneur de visiter, est situé sur un pla-
teau au milieu de la montagne : au bas et au loin,
la vue ne se porte que sur des forêts paraissant im-
pénétrables. Il y avait, à cette époque, deux batte-
ries d'artillerie. L'installation de nos soldats y est
parfaite. Les bâtiments sont vastes et spacieux, le

site est magnifique et très sain. Des jardins, bien cultivés par quelques hommes, donnaient presque tous les légumes d'Europe.

Les deux escales suivantes, au Vénézuela, la Guayra et Puerto-Cabello, la première avec ses maisons bâties en étage sur le flanc de la Cordillère des Andes, la seconde avec ses petites maisons peintes en rouge, bleu, jaune, marron, n'offrent qu'un médiocre intérêt.

Si l'on avait un récit humoristique à faire, il y aurait peut-être par exemple des choses bien curieuses à relever.

Forcément, en route, on se trouve en contact avec des personnes qui sont ce que l'on est convenu d'appeler des types. Depuis le commis-voyageur en vins et liquides qui sait tout, se mêle à tout, et fait de l'esprit à endormir plusieurs générations; depuis le marchand de diamants et bijoux, juif pour la plupart, qui fidèle en cela à sa race, s'étend partout comme une tache d'huile, accaparant les bonnes places, les meilleurs morceaux, vous rencontrez une collection d'êtres humains assez variée, assez originale; vieux ménages prudhommesques assortis qui eussent fait la joie de Gavarni ou de Cham, *Rastaquouères*, *Horizontales* en ruptures de ban, etc... etc... Ceci, malheureusement, ne rentre pas dans mon programme, je n'en parle que pour mémoire.

Autant que je le puis, je veux éviter de rééditer, bien que sous une forme différente, des choses déjà publiées, et j'ai hâte d'arriver le plus vite possible au terme de mon voyage, à Rio-Hacha, porte d'entrée de la péninsule Goajire. Il me faudra toutefois, pour être complet dans mon récit, dire quelques mots des endroits que je dus traverser avant d'être au lieu de destination finale, et donner mes impressions sur les Colombiens de la côte nord et sur leurs usages. Ils sont les maîtres, les gouvernants de mes sauvages les Goajires, et comme tels, ils m'appartiennent.

Le premier port de Colombie où s'arrêtent les vapeurs de la Compagnie Transatlantique est toujours, d'après le guide officiel de cette compagnie, Savanilla; en réalité depuis trois ans c'est Puerto-Colombiano, comme auparavant c'était Salgar. Savanilla est depuis longues années, ensablé par les charrois du grand fleuve « Le Magdalena ».

C'est donc à Puerto-Colombiano que je débarquai un jour, à 9 heures du matin : le navire français avait jeté l'ancre à un mille environ du rivage. Un petit remorqueur vint nous chercher à bord, et nous déposa sur le warf, construit par l'entrepreneur du chemin de fer de Barranquilla.

A peine eus-je mis le pied à terre, que je vis de

Fig. 3. — Vue de la Guayra.

suite dans quel pays autocrate et arriéré je me trouvais! J'avais à la main une simple valise contenant
les premiers objets de toilette indispensables et quelque linge de rechange; un employé me l'enleva,
disant que je ne pouvais rien emporter avec moi,
que tout devait passer par la douane. J'eus beau protester, il ne voulut rien entendre, et plaça mon petit
sac avec les autres malles des voyageurs, dans une
grande salle réservée. Ce n'est pas tout; le plus fort
fut d'apprendre qu'on ne me la remettrait que le
jour suivant après le train de midi ou de 5 heures
du soir, *à Barranquilla!*

La douane est évidemment jusqu'à nouvel ordre,
chez toutes les nations, un mal obligatoire que doivent subir les passagers. Je me garderai bien de
n'en pas constater l'absolue nécessité en Colombie,
puisqu'il n'y a guère d'autres ressources. Il y a cependant diverses manières d'en appliquer les règle-
ments. Chaque peuple, il me semble, devrait s'éver-
tuer dans la limite du possible à en amoindrir les
inconvénients, à en atténuer les rigueurs. Il faut
éviter surtout, de faire perdre un temps précieux
aux intéressés. En Europe parfois, à certaines fron-
tières, nous jetons les hauts cris parce qu'on nous
a fait attendre vingt minutes ou une demi-heure,
la visite de nos colis; que dirions-nous ici, grand

Dieu! où cette formalité n'a lieu que le lendemain
soir! C'est vraiment faire peu de cas, avoir peu
d'égards pour l'étranger! C'est du reste un principe
chez les Colombiens de n'avoir aucune considération
pour lui. Dès le débarquement, je fus fixé à ce sujet :
je le fus bien plus encore dans le département du
Magdalena.

Je ne voudrais pas leur être désagréable, je
compte parmi eux de très braves gens et de bons
amis, mais en conscience c'est un service à leur rendre que de critiquer leurs travers. Je leur dirai donc
très franchement, qu'ils ont tort de recevoir l'étranger presque à regret, de le voir d'un mauvais œil,
de le jalouser, comme ils le font. Ce n'est pas adroit,
et c'est contraire à leurs intérêts. On croirait que
l'étranger vient pour les dépouiller, pour leur prendre leurs biens, et pourtant n'est-ce pas souvent
l'inverse qui se produit? Le malheureux connaissant
imparfaitement les ressources, les voies de transport
du pays, s'y ruine dans des entreprises agricoles ou
minières; et l'argent qu'il a dépensé est resté en Colombie, ce sont ses habitants qui en ont profité. Et
en supposant que l'étranger par son labeur opiniâ-
tre et son intelligence s'enrichisse, n'est-ce pas encore un bien pour toute une contrée? N'est-ce pas
l'ouvrage assuré pour les ouvriers, et la science de

l'Européen ou de l'Américain du Nord mise à la portée de tous, divulguée et propagée? Les Colombiens ne peuvent-ils, en prenant modèle sur ce travailleur, se créer eux-mêmes une position analogue et conquérir la fortune? Alors, pourquoi cette haine que rien ne justifie? Cette aberration est, à mon humble avis, une erreur grossière, une faute capitale. Qu'ils relisent l'histoire, et ils verront que c'est en faisant venir chez eux les étrangers, en se servant de leurs lumières, de leur argent, de leurs progrès, que bon nombre de nations aujourd'hui puissantes, ont acquis leur prospérité, leur situation prépondérante dans le monde.

La Colombie est un sol vierge très riche, très fertile, qui a besoin de colons et de gens d'initiative, pourquoi faire tout ce qui est humainement possible, pour les éloigner? Il ne faut pas se le dissimuler, dans les mœurs actuelles, tout est pour l'étranger obstacle, difficulté, tracasserie; et je ne parle pas des privations et sacrifices de tout genre qu'il lui faut s'imposer dans la vie matérielle. Ce qui manque à cette République, ce sont de vrais hommes d'État, clairvoyants, aux vues larges, aux conceptions raisonnées et pratiques, ouvrant toutes grandes les portes de l'immigration, attirant par tous les moyens en leur pouvoir le trop plein de l'Europe et

des États-Unis, facilitant en un mot toutes les entreprises générales quelconques. Je suis l'ami de ce
pays si pittoresque et si beau ; c'est à ce titre que je
me permets de formuler ce vœu. Puisse-t-il un jour
se réaliser, son avenir en dépend !

C'est sous le coup de ces trop justes réflexions et
d'une irritation bien compréhensible que je me
dirigeai vers une maison qu'on m'indiqua, où je
pourrais trouver à déjeuner. Le repas me calmera
peut-être, pensai-je en moi-même, il n'y a rien de
tel que la table pour vous distraire l'esprit.

J'entrai. Je rencontrai une gargotte infecte, à
peine quelques mauvaises chaises pour s'asseoir, et
un accueil qui ne rappelait en rien la courtoisie cas-
tillane. Une femme au regard dur, à l'ensemble malpropre, me répondit d'un ton très sec qu'on déjeu-
nait à onze heures et demie, à table d'hôte, et pas
avant.

Va pour onze heures et demie ; je patienterai quarante minutes environ !

Toutefois, devant ces deux premières réceptions,
je songeai involontairement, à l'homme fort dont
parle Horace, *œs triplex et robur,* et je me dis que
comme lui, il n'était pas trop de m'armer d'une tri-
ple cuirasse d'énergie et de sang-froid ! Ce ne serait
pas superflu.

A onze heures et demie, on apporta le déjeuner. Je comptais bien ne pas m'y régaler de homards à l'Américaine, de perdreaux truffés et de pâtés de foie gras, je supposais cependant qu'aux portes d'une ville de 35,000 âmes comme Barranquilla, il était aisé de se procurer une nourriture variée et mangeable.

On nous servit la soupe et le bœuf, en d'autres termes le *Sancocho,* qui est le plat principal indigène, la base de l'alimentation. Le bouillon était un peu d'eau chaude jaunie, sans goût, et le bœuf, découpé en petits morceaux composés d'os pour la majeure partie, était entouré de légumes, bananes, yucca, que je voyais pour la première fois. Puis, ce fut des œufs frits baignant dans la graisse, de la viande effilochée avec les doigts, une assiette énorme de riz. Et ce qu'on osait baptiser pompeusement du nom de biftecks, n'était que des lamelles de viande desséchée, plates comme une pièce de cent sous!!

Ne croyez pas que je sois gourmand : pendant près de six mois, j'ai vécu dans la montagne uniquement du produit de ma chasse. Je n'avais pas le choix des mets, je vous l'assure, et je me contentais très bien, sans me plaindre jamais, d'œufs de tortue, de pécaris, de singe, voire même d'oiseaux de proie à défaut

d'autres. Mais ce jour-là, l'estomac a de ces caprices,
à la vue de ces ragoûts aussi exotiques que peu exci-
tants, à l'aspect sale, à l'odeur rance, je ne pus me
contraindre à avaler quoique ce soit, en dehors d'un
peu de pain et d'une tasse de café. L'appétit exige
avant tout la propreté, et à ce point de vue là, cuisine et cuisinière ne m'inspiraient aucune confiance.

Le train pour Barranquilla partait à 4 heures. Le
temps me parut interminable jusque-là, et quelle
chaleur! Je ruisselais! Je poussai un vrai soupir de
satisfaction quand je pus enfin monter en wagon.

Ce chemin de fer construit par un Américain,
M. C... relie cette ville au Port Colombien; il longe
littéralement la mer jusque Salgar. A partir de cet
endroit il passe à travers des savanes, des prairies et
des plants de coton, jusqu'au débarcadère. La distance à franchir est de 35 kilomètres environ, le
trajet s'en effectue en une heure et demie. Le terrain
est entièrement plat, entrecoupé de petits marais;
l'herbe y est vivace et propre à l'élevage des bêtes
à corne et des chevaux.

A 5 heures trois quarts, nous descendions du train
avec un retard de 15 minutes.

N'ayant rien dans les mains qui pût m'embarras-
ser et gêner mes mouvements, grâce aux prévenances de MM. les douaniers qui m'avaient *dévalisé* le

matin, c'est le cas où jamais de le dire, je résolus
d'aller à pied jusqu'à l'hôtel. On voit et on juge toujours mieux ainsi les beautés ou les défectuosités
d'une ville.

La première impression ne fut pas bonne. Il me
fallut, sur un premier parcours de trois cents mètres
au moins, patauger dans un sable mou, comme dans
de la vase ; j'enfonçais jusqu'au-dessus des chevilles,
c'était un vrai travail. De plus, les longues rues
avoisinant la gare, bâties de maisons basses, couvertes en feuilles de palmier, font ressembler Barranquilla à un grand village d'une de nos vieilles pro-
vinces. Ce n'est guère que près de la Grand'Place
et des rues adjacentes que les habitations prennent
une tournure européenne, surtout dans la direction
du marché. On appelle du reste ce quartier, le quartier Européen.

Le seul monument public est la cathédrale avec ses
deux tours, qui n'offre rien de remarquable.

Une chose, par exemple, qui me frappa dès ce
premier jour et qui m'ébahit au delà de toute expression, fut la liberté dont jouissaient messieurs les
porcs. Ils circulaient tranquillement dans les rues,
en vrais propriétaires; l'un d'eux à un détour, se
jeta dans mes jambes et faillit me renverser.

Depuis, un arrêté du maire a interdit cet

abus : quoique tardive, la mesure était nécessaire.

Je me fis conduire au principal hôtel, et demandai une chambre. On m'introduisit dans un petit dortoir de quatre lits, dont trois étaient déjà occupés par des voyageurs ; on m'offrit le quatrième. Ce nouveau désagrément imprévu, si contraire à nos usages, me rendit un instant hésitant. Je finis cependant par accepter, en réfléchissant qu'ailleurs ce seraient certainement les mêmes conditions. La pièce assez spacieuse, était d'une simplicité primitive. Je trouvai des murs blanchis à la chaux ; pour meubles, quatre chaises, et quatre minuscules guéridons en fer comme lavabos. Les couchettes étaient purement des lits de sangle avec deux oreillers et un drap, le tout recouvert d'un moustiquaire. Ce moustiquaire ne m'indiqua rien qui vaille.

Le dîner fut presque bon et bien servi : je me dédommageai de mon trop maigre déjeuner du matin. J'avais une fringale désordonnée !

J'allai ensuite me promener de divers côtés, histoire de faire la digestion et de connaître mieux la ville. J'entendis partout tapoter du piano, des valses principalement, *Indiana*, la *Vague, Faust*, etc. ; à mon grand étonnement, je surpris même l'air « *En revenant d'la revue* » ! Que de pianos, grands dieux ! Que de pianos !

Peu de monde dehors le soir ; on ne sort pas : par suite pas d'animation, tout est morne et triste. Dans quelques coins déserts, çà et là, des ombres de femmes.

Je rentrai me coucher, et ne tardai pas à m'endormir d'un lourd sommeil. Il fut de courte durée, hélas ! Je me sentis bientôt réveillé par un bourdonnement continu autour des oreilles et par des démangeaisons aux mains, aux bras, à la figure. C'était les moustiques ou moucherons qui avaient trouvé moyen de pénétrer près de moi malgré le voile de gaze, et qui m'asticotaient de toutes parts. Je me tournai et me retournai sans pouvoir leur échapper et sans pouvoir dès lors fermer les yeux. Ce n'est guère qu'avec l'aube qu'ils se retirèrent, et que je parvins à m'assoupir.

Barranquilla est la ville la plus commerçante et la plus peuplée de la côte nord, elle compte 35,000 âmes, avons-nous dit. Située à l'embouchure du Magdalena, elle a pris depuis une dizaine d'années surtout, un développement relativement considérable. Le fleuve lui amène de l'intérieur, cacao, café, coton, plusieurs baumes et autres produits, qui font l'objet d'une assez grande exportation pour l'Europe.

J'y restai trois jours, pour tout bien visiter ; au

bout de ce laps de temps, l'impression du début n'avait pas changé.

Le marché seul est intéressant avec son va et vient incessant d'acheteurs, sa variété de fruits tropicaux et de vendeurs, hommes et femmes. Il y règne par exemple, une mauvaise odeur intolérable, due à la grande quantité de poissons séchés qu'on y apporte, et au voisinage d'un canal infect, rempli de détritus. Au milieu de tout ce monde, de toutes ces marchandes, j'aurais voulu découvrir ne fût-ce que deux beaux yeux, ou du moins une physionomie agréable; je les cherchai en vain.

Décidément la race n'est pas belle.

J'allai aussi saluer les sœurs françaises de charité qui dirigent l'hôpital avec tant de dévouement et d'abnégation! Pauvres femmes, comme elles sont heureuses de revoir un de leurs concitoyens et comme elles l'accueillent avec joie! On aime doublement sa patrie à l'étranger, pour une foule de raisons, de même qu'on aime davantage les personnes chères dont on est séparé! Effet de l'absence!

Dans l'intervalle, je m'étais fait tracer l'itinéraire le plus court pour gagner au plus vite Rio-Hacha.

Je devais tout d'abord, m'apprit-on, atteindre *La Ciénaga* en canot ou *Bongo,* à travers des marais déserts, infestés de crocodiles, puis *Santa Marta,* et de

Fig. 4. — Femme de Barranquilla.

là avec une goélette, arriver au but de mon voyage.

A la fin du troisième jour, je tombai d'accord avec le patron d'un de ces bongos et je me mis en route. J'avais eu soin de choisir celui dont la bonne mine, l'attitude et celles de ses rameurs me parurent donner toute garantie de sécurité; plusieurs m'avaient paru suspects. Dame! demeurer vingt-quatre heures en compagnie de gens complètement inconnus, dans une entière solitude, n'était pas sans me faire prendre quelque précaution. J'étais naturellement tout prêt à risquer ma vie, s'il le fallait, dans l'accomplissement de ma mission chez les Indiens, mais pas à me laisser assassiner bêtement dès le début, sans défense. J'avais de l'argent sur moi, on n'était pas sans le savoir ou du moins sans le deviner. N'y avait-il pas de danger que pendant la nuit, ces compagnons ne me jetassent par-dessus bord pour me dépouiller, faisant croire ensuite à un accident? J'eus vainement appelé au secours, personne n'eût perçu mes cris. Toutes ces pensées m'étaient venues à l'esprit; je me promis de me mettre sur mes gardes, et de dormir à la manière du gendarme.

Au départ, notre bongo s'engage dans un petit canal étroit qui nous mène au Magdalena. Nous traversons le plus grand fleuve de la Colombie dans toute sa largeur, au milieu de troncs d'arbres et d'îlots flottants entraînés par le courant, ce qui n'est pas sans péril, et nous entrons successivement dans le « *Rio Viejo* », et le marais de « *Latas Cosas* ».

En ce moment, la nuit succéda au jour presque subitement. Vous savez que près de l'Équateur, il n'y a pour ainsi dire pas de crépuscule ; il était 6 heures !

C'était l'heure du dîner : j'absorbai à la hâte deux œufs durs avec un morceau de pain, suivis d'une tasse de café froid, et ne pouvant plus rien distinguer à travers l'épaisse obscurité de ce soir-là, j'étendis ma couverture au fond de la barque en guise de matelas, et je m'y allongeai !

Quoique bien décidé à rester éveillé, j'aurais infailliblement succombé à la fatigue, si les sempiternels moucherons ne s'étaient chargés de me battre la générale. C'était bien pis ici encore qu'à Barranquilla ! Une nuée m'enveloppa bientôt, me fit un tel vacarme, et me surexcita de telle façon que j'en devins positivement enragé. Il fallut m'entourer la tête d'un grand mouchoir et les mains d'une serviette, pour avoir un peu de repos.

Je ne cache pas que cette première nuit dans de telles conditions et en prévision de l'avenir surtout, avait un peu refroidi mon courage et calmé mon ardeur. D'ailleurs lorsqu'apparurent les premières lueurs du jour, j'étais absolument éreinté, j'avais les membres courbaturés et le cerveau vide. J'interrogeai mes gens pour savoir où nous étions : nous avions fait, me répondirent-ils, plus de la moitié du chemin.

On commençait à apercevoir très nettement au loin l'immense massif de montagnes de la Sierra Nevada, tranchant comme un fond sombre sur un ciel clair.

Cela me ranima.

Tout à coup, comme nous passions dans un autre petit canal, nommé *Caño Sucio*, si ma mémoire est fidèle, mes rameurs ou *bogas* me crièrent : *Caïmanes, Caïmanes*, en me désignant du doigt un bouquet de palétuviers. Une dizaine de crocodiles, en effet, qu'on pouvait voir au milieu des racines de ces arbres, se chauffaient aux premiers rayons du soleil levant. Ils étaient tout à fait immobiles, comme engourdis sur place, à une vingtaine de pas de nous. Je remarquai le plus gros, celui qui me sembla le plus à portée, et en même temps le plus à découvert : il se présentait en long et mesurait plus de trois mètres. Selon les recommandations que j'avais reçues, je le visai dans l'œil, n'ayant pas la faculté de l'ajuster au défaut de l'épaule que des branches me dérobaient. Par malheur, la surprise, l'émotion de joie instinctive, jointes au léger mouvement du canot, furent cause que je lançai très mal ce premier coup de fusil. Ma balle alla caresser sa vieille carapace sans lui faire, en apparence, aucune blessure. Il se précipita dans l'eau, et je ne le revis plus; tous les autres l'imitèrent.

J'ai lu dans je ne sais quel ouvrage que les caïmans du Magdalena étaient très hardis et très féroces, que souvent ils attaquaient les petites embarcations; cette assertion m'étonne, mais je ne puis la contredire. Tout ce que je puis certifier sans craindre d'être démenti, c'est qu'il n'en est pas de même dans ces marais. La seule raison est que les crocodiles de la Ciénaga ont à leur disposition une telle quantité de poissons de tous genres, que la faim ne les oblige jamais à s'enquérir d'autre nourriture. Il ne faudrait pas toutefois se payer la velléité, la fantaisie d'un bain, d'une pleine eau; on aurait, malgré tout, la presque certitude d'être dévoré à bref délai.

Ce qui est dangereux dans le parcours de ces canaux, ce sont les vampires qui y pullulent la nuit. Si vous ne prenez pas les précautions d'usage, c'est-à-dire si vous ne vous protégez pas d'un drap ou d'autre objet semblable, il n'est pas rare que vous soyez mordu pendant votre sommeil, à la tête principalement. On ne ressent rien sur l'instant, aucune douleur; mais au réveil, vous avez les cheveux pleins de sang, et la cicatrice est fort longue à se fermer.

Peut-être un quart d'heure plus tard, mes bogas attirèrent de nouveau mon attention. Il y avait un autre caïman étendu sur la rive, la gueule ouverte, comme cela leur arrive fréquemment. Il montrait son énorme mâchoire, armée d'une double rangée de dents pointues et croisées! Quel effroyable étau, et comment s'en dépêtrer quand on y est pris! Il était à dix pas au plus, et la cible était tout indiquée! Je glissai dans ma carabine une cartouche à balle explosible, et l'ajustai cette fois avec un parfait sang-froid. Ce fut le plus beau tir que je ferai probablement de ma vie : que saint Hubert me bénisse, je lui ingurgitai la balle comme une pilule, et une pilule qui produisit instantanément des effets foudroyants! Il eut un mouvement en avant, un effort suprême pour se précipiter à l'eau. Mais les forces le trahirent, et il retomba les pattes écartées; il avait terminé sa noble carrière et désormais ne verserait plus de larmes!

Vous me croirez, si vous voulez, j'étais fier de ma bête! Nous la hissâmes à bord, non sans peine; elle était de jolie dimension.

Je vous fais grâce du reste de la route. A 2 heures de l'après-midi, après un déjeuner plus que frugal, composé de petites bananes, de poisson salé et de pain de maïs, nous débarquions sans autre incident à *Pueblo Viejo,* port de la Ciénaga. Je sautai à terre avec bonheur. Les vingt-deux heures consécutives dans ce bongo, sans pouvoir remuer ni marcher, avaient été pour moi un vrai supplice.

Pueblo Viejo n'est qu'une bourgade de pêcheurs, établie sur une langue de terre sablonneuse resserrée entre la mer et les vastes lagunes dont nous parlons. Ses cabanes sont en bois pour la plupart. Pas le moindre arbre, pas le moindre ombrage; le soleil au milieu du jour y est terrible.

Je me dirigeai de suite vers La Ciénaga avec une petite charrette attelée d'un âne, qui transportait mes bagages. J'y fus en vingt-cinq minutes.

Cette ville de 5 à 6,000 habitants, située au sud de la Sierra Nevada, doit son nom aux immenses marais qui l'environnent, et que je venais moi-même de parcourir depuis Barranquilla. En espagnol, *ciénaga* veut dire marais.

Son assemblage de maisons blanches, basses, de construction légère, au milieu d'une plaine entièrement nue et marécageuse, que surchauffent aussi, que surplombent du matin au soir les trop ardents rayons d'un soleil tropical, vous suggèrent l'idée de fournaise, de cité insalubre, sujette aux maladies épidémiques. Eh bien, il n'en est rien, et d'après ce

qu'on m'assura, la ville, malgré sa température éle-
vée, jouit au contraire d'un climat très sain et toujours égal. On n'y connaît pas la fièvre jaune, et les
fièvres intermittentes ne font pas plus de victimes là
qu'ailleurs. Pendant les trois quarts de l'année, les
vents soufflent du Nord-Est, c'est-à-dire de la montagne.

J'eus le temps d'aller visiter un des principaux
habitants, M. Francisco Durand, pour qui j'avais une
lettre de recommandation. Ce parfait gentilhomme
m'accueillit avec beaucoup de courtoisie, se mit à
ma disposition, et me renseigna sur ce que je désirais savoir. Il m'apprit que toute la contrée jusqu'au
Rio Frio était parsemée de plantations de cacao, de
tabac, de bananes, etc., il me cita entr'autres, celles
de MM. Gonzalès frères, et d'un Anglais Sir Karr.

Sur ces entrefaites, l'heure du train était venue :
je pris congé de mon aimable Colombien.

Le petit chemin de fer à voie étroite entre Santa
Marta et La Ciénaga, créé il y a une dizaine d'années par M. Manuel Julien de Mier, riche propriétaire
de Santa Marta et de Paparès, est devenu aujourd'hui
la propriété d'une Compagnie anglaise. Elle l'a
même continué jusqu'au Rio Frio. Malheureusement
les ressources de la région ne sont pas encore assez
considérables pour combler les frais du trafic, et

c'est à cela sans doute qu'il faut attribuer la mauvaise organisation du service et le mauvais état du matériel. Les locomotives sont vieilles, beaucoup trop faibles, et les chaudières ne consument que du bois dans leur foyer. Partis à 4 heures précises, nous n'arrivions qu'à 9 heures et demie du soir! La distance n'est pourtant que de huit lieues! Mais voici l'explication de ce voyage interminable.

Un violent orage ayant éclaté, à peine étions-nous en wagon, il fut impossible à la machine, après la première station de Paparès, de se remettre en marche. Les rails mouillés l'empêchaient d'avancer, les roues patinaient sur place. Le mécanicien usa inutilement de tous les moyens connus, jets de vapeur, jets de sable, mouvements en arrière; ce ne fût qu'au bout de vingt minutes d'un véritable travail qu'il parvenait à la lancer de nouveau. Elle ressemblait à ces pauvres vieux chevaux étiques, attelés à une charge trop lourde, et qui malgré les jurons et le fouet du conducteur, ne peuvent plus détaler dès qu'on les arrête, pour leur donner un instant de répit et de repos. La force de la pression était insuffisante. Cette cérémonie recommença six ou sept fois sur la route, à chaque pause que nous fîmes, soit pour prendre de l'eau, soit du bois à brûler ou des voyageurs. Parfois même on était obligé d'attendre que la chaudière fût assez en ébullition pour fournir la vapeur nécessaire à la mise en branle, à l'impulsion; tout s'était épuisé. Je vous laisse à penser dans quelles conditions pénibles s'accomplit ce trajet! Cinq heures et demie pour une course de huit lieues!

Enfin, nous sommes à Santa Marta, la capitale de la province du Magdalena, où réside le Gouverneur. C'est, avec Barranquilla et Carthagène, les villes les plus civilisées du littoral Nord. On y rencontre quelques bonnes familles, et une société assez agréable.

Je vole de suite vers l'hôtel; j'étais mort de faim. Plus rien à manger, les boutiques sont fermées : c'est au prix de difficultés invraisemblables que j'obtiens des œufs et un morceau de pain. Je fais contre mauvaise fortune bon cœur, et sans plus tarder, je vais m'installer dans la chambre qu'on m'a réservée.

Toujours le même confortable : quatre murs blanchis à la chaux... il y a une dizaine d'années, un lit de sangle sans moustiquaire, (merci, mon Dieu!) une chaise, une petite table surmontée d'une cuvette.

J'y dors bien cependant et il est grand jour lorsque je me lève.

— Quand y a-t-il une goélette en partance pour Rio-Hacha? fut la première question que je posai à l'hôtelière.

— Il en est parti une avant-hier, me répond-elle.

Naturellement. Il ne pouvait en être autrement. N'est-ce pas l'histoire éternelle de la vie?

— Et dans combien de jours, peut-il y en avoir une autre?

— Dans quatre ou cinq, Monsieur.

— Merci.

Au fait, cela me laisserait le loisir d'entreprendre quelques excursions; je n'en fus pas trop fâché.

Pour me remettre des fatigues et émotions de la veille, je résolus d'aller me baigner au fleuve « Le Manzanarès » qui coule à plus d'un kilomètre de la ville. On m'en indiqua le chemin.

Déjà d'autres baigneurs, des deux sexes, m'avaient devancé. Ce qui me surprit, fût de voir qu'on ignorait dans la principale ville de la côte Nord Colombienne l'usage du caleçon; les hommes se baignent ensemble, les femmes ensemble, à quelque distance les uns des autres, et cachés par des bouquets d'arbres croissant sur la rive. Il s'agissait pour moi de ne pas me tromper de côté. Un coin de tableau que j'entrevis ne me laissa aucun doute.

Cette coutume de se mettre nu dans l'eau, s'explique très bien. Elle provient de la pudeur extérieure, excessive, exagérée même, qui est une règle de bon ton là-bas, parmi la société. Jamais, en effet, on ne

se permettait des regards indiscrets; on serait considéré de suite comme un grossier personnage. On
a l'air de fuir même tout ce qui pourrait les faire
soupçonner. Cette éducation sociale, cette convention protège mieux les mœurs qu'une loi. Ne croyez
pas cependant pour cela que chaque individu serait
digne du prix Montyon.

Ceci me remet en mémoire une anecdote personnelle qui m'arriva quelques mois plus tard à Treinta,
aux environs de Rio-Hacha. Je ne puis résister au
désir de vous la raconter de suite.

En allant un matin prendre un bain à la rivière,
où des blanchisseuses étaient en train de laver du
linge, les jambes dans l'eau et les jupons relevés
jusqu'au-dessus des genoux, j'avais enfilé comme à
l'ordinaire mon vulgaire caleçon, et je respirais l'air
frais avant de me jeter à l'eau, quand j'entendis
des éclats de rire féminins suivis d'exclamations de
la plus franche gaieté. *On se tordait,* qu'on m'en
permette l'expression triviale. Je me retournai;
c'étaient mes blanchisseuses qui, peu accoutumées
à voir un homme sous ce pudique et court costume,
avaient un accès de folle hilarité, et s'en tenaient
les côtes! Ce caleçon leur sembla tellement extraordinaire, qu'assurément elles me crurent estropié!

En rentrant à Santa Marta, je me rendis au marché,

comme c'était mon habitude dans chaque ville nouvelle où j'entrais. Outre l'attrait du nouveau et la
curiosité du coup d'œil, c'est là qu'on peut le mieux
étudier la physionomie, le caractère d'une localité.
Et si l'ensemble des gens du pays est beau, forcément on doit en rencontrer là aussi quelques échan-
tillons.

Mon espoir fut déçu, les femmes du peuple sont
identiques à celles de Barranquilla.

La ville en elle-même n'est pas jolie, avec ses anciennes maisons espagnoles mal entretenues, sans
étage pour la plupart, mais sa situation au centre
d'une demi-circonférence de montagnes qui la do-
minent et la protègent est réellement magnifique.

Les autorités locales ont voulu lui donner le cachet de ville principale, de capitale du département du Magdalena. A cet effet, la grand'place. possède une fontaine publique surmontée d'une petite
statue de femme, un petit jardin deux fois grand
comme la main, public aussi, mais de nom seulement, car il est toujours fermé, et un large trottoir
d'au moins trois mètres cinquante, le long de ce petit
jardin. C'est le boulevard de l'endroit. Et c'est là que
les jours de musique, car il y a musique le jeudi et le
dimanche à 8 heures du soir, si mes souvenirs ne
m'abusent, c'est là, dis-je, que les *gros bonnets* vien-

nent se montrer et se promener seuls, ou en compagnie de leur famille. Tout ce monde a l'air très
convaincu que c'est amusant. Je suis de leur avis,
c'est amusant... pour ceux qui les regardent.

Le port est remarquable et sûr, bien à l'abri de
tous les vents. Ses eaux profondes dès le rivage,
procurent aux navires du plus fort tonnage, la faculté d'accoster près du petit warf établi par la
compagnie du chemin de fer. L'entrée en est superbe
avec son haut *Morne* de rocher, sortant du milieu
des flots comme une sentinelle avancée, et sa muraille de montagnes qui l'enserre à droite et à gauche. Le Morne est surmonté d'un phare éclairant à
huit milles en mer.

J'avais lu aussi dans je ne sais plus quel auteur
que Santa Marta avait conservé de nombreux des-
cendants d'Espagnols, et qu'on y retrouvait la pure
beauté andalouse, aux grands yeux noirs veloutés,
aux longs cils, au regard langoureux, à l'épaisse
chevelure, aux formes opulentes et cambrées. Cette
variété a totalement disparu, et n'a dû jamais exister
probablement que dans l'imagination de jeunes enthousiastes ou d'artistes amoureux. Les jeunes filles
de Santa Marta ou les Samariennes, sont certainement très gentilles et très séduisantes, mais ne res-
semblent en rien à nos femmes d'Europe. De cons-

titution délicate pour la plupart, ce qui fait leur charme, c'est leur douceur et leur air de bonté.

Le surlendemain de mon arrivée, je fus invité à un bal privé organisé à l'occasion de l'anniversaire, du *Cumple anós*, de Mlle X..., dont on voulait fêter les dix-huit ans. Malgré toute sa cordiale amabilité, j'hésitai à accepter cette invitation, ne connaissant encore que très peu la langue espagnole. Mais l'invitation me fut réitérée avec tant de bonne grâce que j'envoyai une lettre de remerciement et d'acceptation à Mlle X...

Je ne vis en entrant chez elle, qu'une rangée de robes blanches. Après avoir tant bien que mal présenté mes hommages à la maîtresse de maison, et envoyé un salut en rond à toute cette jeunesse frétillante, je me plaçai dans un coin à l'écart pour dévisager à mon aise cette petite réunion. Ma qualité d'étranger, de Français, me valut par moments quelques regards à la dérobée, mais d'une façon toujours très discrète et très réservée. Je n'apercevais que deux grands yeux noirs, jolis parfois, à demi cachés derrière un éventail.

On se mit à danser. L'orchestre se composait de deux violons, deux mandolines, une flûte ou deux.

Le quadrille y est presque inconnu : seules, la polka et la valse alternent pendant la soirée. Les jeunes Samariennes sont des plus gracieuses en valsant.

Leurs airs de danse ont une mélodie particulière, quelque chose de tendre et de mélancolique, quelque chose d'une larme et d'une caresse, un rythme doux et lent, un accent troublant en un mot.

A minuit, je me retirai, n'ayant qu'à me louer des égards, des prévenances de tout ce monde : l'accueil avait été des plus sympathiques.

Le jour suivant, je louai un cheval pour me rendre successivement à *Mamatoco*, à *Bonda, Masinca,* tous villages actuellement sans importance, situés dans la Sierra Nevada, et dont il n'y a rien à signaler. La seule chose curieuse que je vis sur ma route, fut la propriété de *San Pedro,* où le général Bolivar, le héros de l'Indépendance, passa les dernières années de son existence et où il mourut. On m'y montra sa chambre et un gros arbre du jardin, sous l'ombrage duquel le vaillant Colombien aimait souvent à lire et à se reposer.

Dès mon retour, l'hôtelière s'empressa de m'avertir qu'en mon absence une goélette de Rio-Hacha avait jeté l'ancre, et que, dans deux jours, elle devait repartir.

Cette nouvelle me fut souverainement agréable. Je ne m'étais pas ennuyé à Santa Marta, mais je ne perdais pas de vue mon objectif, mes fameux Indiens Goajires.

Le départ était fixé au samedi soir à 8 heures. Je fus d'une scrupuleuse exactitude; à 7 heures 1/2, pour être certain de ne pas le manquer, j'étais à bord.

La goélette était un petit bâtiment de commerce côtier, de 40 tonnes environ, à deux mâts et très bas sur l'eau.

Pour couchette, on m'offrit une petite cabine mobile placée à l'arrière du bateau, près du gouvernail : c'était une sorte de boîte longue de $0^m,80$ de hauteur, pouvant indistinctement servir, soit de poulailler, soit de cage à lapins, au choix. Large au plus de $0^m,60$ elle était trop courte pour moi, au moins d'un pied. Il m'était impossible de me retourner, et il me fallait, en outre, tenir les jambes pliées en deux

Vous jugez de mon martyre!

Pour tout matelas, je continuai à étendre ma couverture.

Vers 8 heures 1/2, j'entends un bruit de chaînes significatif; on part. J'interroge le ciel, il est étoilé, cela me paraît de bon augure, nous aurons une bonne traversée.

— Quand pouvons-nous être à Rio-Hacha? demandai-je au capitaine.

— Après-demain soir lundi, ou mardi dans la ma-
tinée, selon toute probabilité, me répondit-il.

Rio-Hacha est à 90 milles environ de Santa-Marta,
et il y avait près de trois jours peut-être de mer!... Il
fallait bien prendre son mal en patience : qu'y
faire?...

J'allai m'emprisonner dans ma cabine, je devrais
écrire ma cage, appelant le sommeil de tous mes
vœux.

Pendant une heure ou deux, je ne sais au juste,
je suis bercé par les mouvements assez réguliers de
la barque sans éprouver aucun malaise. Je commence même à m'endormir, lorsque tout à coup je
suis projeté contre la paroi de gauche, puis contre la
paroi de droite, ballotté comme un panier à salade.

Notre petite goélette *roule* affreusement, la mer
est houleuse, très grosse même, nous devons être
aux environs de la *Punta-Aguja,* Pointe des Aiguilles.
On m'avait prévenu.

Convaincu qu'il me serait désormais impossible de
fermer l'œil, et sentant déjà très bien que mon estomac ne s'habituerait jamais à cette gymnastique
imprévue, de genre nouveau, je voulus sortir de ma
cage, dans le secret espoir que l'air frais du soir
pourrait me ragaillardir. Au moment où, comme
Noé dans l'arche, j'ouvrais ma porte pour juger de

l'état des eaux, une vague énorme sautant par-dessus
le bastingage, vint s'abattre sur le pont, nettoyant
tout, m'aspergeant, me trempant comme je l'eusse
été d'une douche. Je n'avais pas à hésiter, il fallait
bon gré mal gré me lever et me secouer. Mais j'ai
beau m'accrocher aux cordages, je ne peux rester
debout, les lames sont de plus en plus fortes et ba-
layent tout. Je rentre dans mon *hôtel*, c'est plus sage,
et je n'en délogerai plus.

Le lendemain dimanche dans la soirée, la mer s'é-
tait un peu calmée, nous avions les vents bons, on
marchait vite. Je mis de nouveau le nez au dehors,
j'avais le corps tout endolori et les jambes enkylosées.

Le lundi se passe sans incident.

Le mardi au matin, un matelot grimpé au mât
d'avant, s'écrie : « Rio-Hacha! » Il avait aperçu la
tour de l'église.

Ce n'est d'abord qu'un point, puis, ce point gran-
dit, il est très net, d'autres maisons apparaissent, la
ville entière enfin se dessine. Nous approchons, nous
ne sommes plus qu'à quelques milles, et les vents
nous poussent toujours bien.

Je n'ai que le temps de ranger mes affaires, ouf!
nous sommes arrivés, le bateau a mouillé.

Rio-Hacha s'étalait à 500 mètres devant nous,
avec sa file de maisons en façade sur le rivage.

CHAPITRE III.

Rio-Hacha, située sous le 11° 35, de latitude Nord, est une ville de 4.000 à 4.500 âmes, formant l'extrémité civilisée de la Colombie septentrionale. Elle doit son nom au fleuve qui la sépare de la péninsule Goajire, primitivement appelée Rio de la Hacha, en souvenir, dit la légende, d'une hache qui aurait été donnée en cet endroit par ses habitants, aux Indiens. Ce fleuve s'appelle aujourd'hui en aval « Le Calancala » et en amont « La Rancheria ».

A proprement parler, elle ne possède pas de port, mais une simple rade ouverte aux navires d'un faible tonnage ; ses eaux peu profondes en rendent l'accès difficile aux grands vaisseaux, sinon à une très grande distance en mer. Cette rade est assez sûre, malgré les vents du Nord-Est qui y soufflent les trois quarts de l'année, et avec assez de violence du mois de décembre au mois d'avril.

Du pont du bateau, ce qui me frappa à première
vue, fut l'aspect pauvre et triste de Rio-Hacha, l'absence complète de toute végétation, et toujours
comme à Baranquilla, à La Ciénaga, à Santa Marta,
un soleil brûlant, sans aucun ombrage pour en
tempérer l'ardeur. La brise fort heureusement ici,
modère l'excessive chaleur : pendant le mois de juillet seulement et le commencement d'août, je constatai 37° centigrades à l'ombre. Aux autres époques,
le thermomètre varie de 25 à 33°.

Trois constructions à peine attirèrent mon attention, la tour de l'église qui sert en même temps de
phare, et deux maisons à portique et à étage : la
première, celle de M. Antonio C..., riche commerçant
espagnol, établi là depuis plus de quarante ans; la
seconde, celle de l'administration locale, de la Mairie
« Alcaldia ». Dans le fond du paysage, bien loin,
à 30 milles peut-être, la silhouette de la chaîne de
montagnes de *San Pablo*, dépendant de la Cordillère
des Andes, se profilait dans un atmosphère brumeux.

En face de la Mairie, je crois distinguer des pieux
émergeant de l'eau. J'interroge un matelot : ce sont
les débris d'une ancienne jetée.

On me signale la côte Goajire et l'embouchure du
Calancala au milieu d'un bouquet d'arbres; cela me
paraît triste. Ces côtes sont entièrement basses, dénu-

dées, et peuvent aisément se confondre avec la mer, la nuit principalement. Il s'en dégage une odeur très caractéristique, celle de fenaison, d'herbe sèche coupée.

Peu d'instants après, un canot aux couleurs colombiennes, monté par quelques hommes, se dirigeait vers nous et nous abordait. C'étaient le commandant du port et les employés de la douane, chargés de passer la visite de notre goélette, et de prendre la liste des passagers.

Le capitaine voulut bien me présenter à eux, et particulièrement au commandant du port, M. Rodolfo D..., jeune et aimable Rio-Hachère, qui ayant fait toutes ses études au lycée du Havre, parlait admirablement notre langue, et avait conservé une réelle affection pour notre belle France.

Nous fûmes de suite les meilleurs amis du monde. Il m'offrit tous ses bons offices, m'assurant de tout le plaisir qu'il aurait à m'être utile et agréable. C'était pour moi une heureuse rencontre et une précieuse relation, il allait me mettre au courant de bien des choses, et m'aplanir les difficultés inévitables du commencement.

Son inspection terminée, il me proposa de descendre à terre avec lui dans son embarcation, ce que je n'eus garde de refuser.

Son canot, ou *cayuco*, d'un seul morceau de bois,
taillé dans le tronc du « caracoli » pouvait avoir 10
à 11 mètres de long sur 1ᵐ.50 de large. En quelques minutes nous étions au rivage.

Au moment où je me préparais à débarquer, les
rameurs me firent signe de ne pas bouger, et re-
troussant leurs pantalons jusqu'aux genoux, sautè-
rent dans l'eau, poussèrent le canot le plus près possible de la rive, et l'amarrèrent. Puis, à ma grande
surprise, saisissant chacun de nous dans leurs bras
vigoureux, ils nous déposèrent ainsi à tour de rôle,
sur le sable.

C'est de cette façon pittoresque et originale que
je fis mon entrée à Rio-Hacha en l'an de grâce 188.,
à 10 heures du matin !

Les distractions n'étant pas des plus multiples ni
des plus variées en cette ville, c'est presque un évé-
nement quand arrive un bateau. Aussi se précipite-
t-on sur la plage pour examiner les débarquants et
apprendre quelque nouvelle. Il y avait précisément
foule ce jour-là, hommes, femmes, enfants, de toutes
les classes. Ce que je fus dévisagé des pieds à la tête en
ma qualité d'étranger, je vous le laisse à penser ! On
se pressait, on se bousculait pour mieux me voir,
j'avais des gamins jusque dans les jambes, je ne
pouvais pas avancer. Mais sur toutes ces physiono-

mies, où se lisaient uniquement l'attrait, la préoccupation de la curiosité, je cherchai vainement cet
air de sympathie, ce je ne sais quoi bienveillant avec
lequel dans certains pays on accueille les Européens,
les Français surtout. Dans tous ces regards fixés sur
moi, il y avait un point d'interrogation se tradui-
sant par une méfiance visible : qu'est-ce que je pouvais venir faire? n'allais-je pas devenir un concurrent
pour un commerçant du crû? Ne venais-je pas pour
leur faire du tort?

J'eus l'intuition immédiate de ce qui se passait
dans l'esprit de tous ces gens-là : évidemment, on
était intrigué, inquiet de ma venue, et il était aisé
de comprendre par cette attitude, c'était ma foi trop
clair, que dans leur conduite avec les étrangers,
l'intérêt était le seul guide.

Je ne me trompais pas, et ne devais pas tarder à
le savoir par expérience.

Comme la note gaie ne perd jamais ses droits,
même dans les circonstances sérieuses, le casque
blanc que je portais et qui sans doute faisait son apparition pour la première fois sur ces rivages loin-
tains, eut un énorme succès parmi la jeunesse; ce
furent de vrais cris de joie. Si la chanson de « La
casquette au Père Bugeaud » eut été connue, je suis
sûr qu'on l'eût entonnée.

Je ne pus garder ma gravité devant cette explosion si sincère et si spontanée de gaieté.

Je parvins cependant à fendre cette foule. M. Rodolfo D... qui ne m'avait pas quitté, avait reconnu parmi les assistants l'agent consulaire français, M. Victor Dugand, et voulait à son tour me présenter à lui. Inutile de vous dire combien l'entretien fut cordial.

M. Dugand est un aimable Parisien fixé à Rio-Hacha depuis 1872, où il occupe dans le commerce une des places les plus importantes.

Alors commença pour moi toute une série d'autres présentations compliquées de formules de politesse, dont je ne saisissais pas très bien le sens. Je devinai pourtant aux gestes, aux saluts, aux poignées de mains, que selon le ridicule usage colombien, on me faisait mille protestations d'amitié, mille offres de service. On me disait sans doute : « *Estoy à sus ordenes para todo lo que se ofrezca... Mi casa esta à su disposicion* » et autres balivernes du même genre. Il faut avoir soin de ne jamais prendre ces paroles-là à la lettre, les gens qui vous les débitent n'en pensent pas un traître mot ; ce sont, je le répète, de simples formules de politesse, une obséquiosité hypocrite et déplacée, auxquelles il ne faut ajouter aucun crédit. La générosité n'est qu'apparente et fallacieuse : dans la race, tout est calcul, et si par hasard on vous donne un œuf, c'est avec le ferme espoir d'avoir un bœuf.

Je me rendis à l'hôtel escorté de tout un groupe de personnes.

A la porte, j'espérais qu'à l'exception de M. Rodolfo D... et de M. Dugand tous ces intrus allaient me quitter. J'avais besoin de changer de linge et de vêtements, et de me reposer, dans l'état de fatigue où j'étais; bref, je croyais que toutes ces démonstrations d'amitié aussi assommantes que mensongères, allaient enfin cesser.

J'étais dans la plus complète erreur.

On me suivit jusque dans ma chambre, où l'on s'assit comme chez soi. Bientôt, d'autres individus se joignirent aux premiers, sous le prétexte de me saluer, mais en réalité, uniquement poussés par le désir de connaître la tête du nouvel arrivant, d'apprendre de lui-même ses projets, ses intentions, et d'aller ensuite en colporter les détails à travers la ville. C'est la mode : on est avide de sujets intéressants à raconter.

Les Rio-Hachères établissent immédiatement, suivant la réception qui leur est faite par le nouveau venu, sa bonne où sa mauvaise réputation. Si, à leur avis, ils ont été bien accueillis, leur éloge, avec

l'emphase qui leur est propre, ne connaît pas de bornes. Cet étranger est un être tout à fait extraordinaire, comme on n'en a jamais vu, les moindres choses qu'il a sont des merveilles, les moindres paroles
qu'il prononce sont des oracles. C'est un gentilhomme, un *Caballerissimo*, ce qui est le *nec plus ul-
tra* de la considération, quand ils ont lâché ce fameux
mot. Si au contraire, le Rio-Hachère n'a pas, à son
sens, reçu l'accueil qu'il attendait, tout l'inverse se
produit : l'étranger est un imbécile, un pleutre, un
homme *muy grosero,* une ordure quoi! Tout se juge
sur une sensation, sur une suceptibilité grotesque!
Ce peuple n'a rien de l'homme sérieux et réfléchi :
d'une vanité et d'une outrecuidance inouies, il vous
étonne par la légèreté de ses actes et son incroyable
désinvolture à l'égard des Européens.

Que pensèrent et que dirent de moi mes visiteurs? Vous devez comprendre que je n'en eus jamais
cure, leur opinion m'étant complètement indiffé-
rente.

Ce ne fut qu'au bout d'une heure au moins, après
mille questions souvent indiscrètes, que je me dé-
barrassai de tous ces importuns. J'éprouvai un véritable bonheur à être seul, à être libre de mes ac-
tions.

Mon premier soin fut de me barricader chez moi,

Fig. 5. — Vue de Rio-Hacha.

de me laver de fond en comble pour me rafraîchir,
et de revêtir un costume propre. Je ressentis de suite
un soulagement, un délassement incomparables, mais
en même temps aussi un irrésistible besoin de sommeil. Comme il était midi et demi environ quand
j'achevai ma toilette, je descendis dans la salle à
manger pour déjeuner d'œufs à la coque, et remon-
tai aussitôt après, pour faire une bonne sieste. L'atmosphère était lourde, mes paupières se fermaient
malgré moi.

Je dormis ainsi jusqu'à cinq heures du soir, et ce
fût un garçon de l'auberge qui, en venant m'avertir
pour le dîner, me réveilla en sursaut.

Les plats étaient déjà étalés sur la table, et n'a-
vaient pas trop mauvaise mine. Une soupe au vermi-
celle dans laquelle nageaient des abattis de poulet, me
parut assez bonne, ainsi qu'une omelette simple, et
du poisson frit ressemblant à nos merlans. La viande
par exemple, comme à Puerto-Colombiano, m'ins-
pira une invincible répugnance : de couleur noire,
desséchée, sans sauce, elle était dure comme du
cuir. Je dus renoncer à la manger, après l'avoir
goûtée.

Je m'étais promis, après le café, d'aller faire un
tour dans les endroits principaux, je n'en eus pas le
courage, mes jambes fléchissaient sous moi, la sieste

de trois à quatre heures avait été insuffisante. Ce serait pour le lendemain.

Je restai jusqu'à huit heures environ accoudé au balcon de ma chambre pour prendre l'air frais du soir, et j'allais de nouveau m'étendre sur le lit, quand j'entendis de l'autre côté de la rue, des cris, des sanglots plaintifs, ou plutôt, des hurlements humains. Je me rhabillai à la hâte, surpris et intrigué de pareilles exclamations, et je vis la maison d'en face éclairée au dehors par deux lanternes accrochées de chaque côté de la porte, je distinguai des bancs et des chaises placés sur le trottoir, puis des allées et venues dans cette maison, d'hommes, de femmes, de tous les âges et de toutes les conditions. Je regardai attentivement : je remarquai qu'à chaque entrée nouvelle, les gémissements et les larmes redoublaient d'intensité à l'intérieur, et qu'en sortant les visiteurs venaient s'asseoir sur les bancs et les chaises.

Qu'est-ce que tout cela pouvait signifier ?

Vers dix heures, il y eut un mouvement de répit, les visites s'étaient interrompues, et aussi les trop bruyants sanglots.

Je songeai à me recoucher.

Mais soit énervement, soit préoccupation de l'avenir, il me fut impossible de me rendormir de suite, et bientôt, à ces motifs s'en ajouta un autre.

Les individus assis au dehors de la maison, qui avaient tout d'abord entamé des conversations à voix basse, s'étaient peu à peu animés, et leurs éclats de voix avaient fini par dégénérer en véritable tapage. On riait et on pleurait en même temps. Je me rendis bien vite

Fig. 6. — Indien Goajire trainant un baril.

compte qu'il était inutile désormais de lutter avec l'insomnie, et que le mieux était de me lever définitivement. Je constatai alors, non sans étonnement que tous ces gens étaient en train d'absorber du café et du rhum. J'avais l'explication du vacarme.

Au point du jour, quelques-uns se retiraient entièrement gris.

Je demandai à l'hôtel l'explication de cette scène étrange : on me raconta qu'une vieille femme était morte la veille au soir. Suivant l'antique usage colombien, les enfants de la défunte l'avaient pleurée ainsi avec de grandes démonstrations de chagrin, et les parents et amis de la famille avaient veillé le corps toute la nuit, avec accompagnement de biscuits, de café et de rhum. Je sus encore que, toujours suivant l'usage colombien, la maison du mort doit rester close pendant une semaine, et que pendant ce laps de temps, ce sont les mêmes cris, les mêmes lamentations ou hurlements, à chaque visite de condoléance.

Ces cérémonies qui sont évidemment les derniers vestiges d'une époque barbare, sont singulièrement choquantes, et devraient disparaître des mœurs d'un peuple civilisé. Les Indiens ne font pas pire.

Je voulus profiter de l'heure matinale pour aller me baigner, et je me dirigeai vers la mer. Peut-être ce bain calmerait-il mes nerfs un peu surmenés, et peut-être aussi aurais-je la chance de rencontrer

sur ma route quelques-uns de ces Goajires qui depuis
si longtemps hantaient mon esprit.

On m'avait dit que, de bonne heure, on en voyait
dans les rues de Rio-Hacha, les uns traînant leurs
barils d'eau du « Calancala », les autres amenant au
marché du lait, du charbon, du bois à brûler ou des
bestiaux.

On ne m'avait pas trompé.

Le premier être vivant que je croisai en chemin,
presque au seuil de l'hôtel, fut précisément un Indien
traînant un baril. Je m'arrêtai pour l'inspecter minutieusement. Il était loin de ressembler à l'idéal
que je m'étais créé et que m'avait dépeint mon
ami X... A part moi, je me faisais une fois de plus
cette observation, que dans la vie, la réalité est
toujours à mille lieues de l'illusion !

Il était petit, et sans être mal fait, ni d'apparence
chétive ou malingre, il n'avait rien de ces formes
athlétiques, comme je m'étais plu à me le figurer.
Je fus tout contrarié de la destruction subite et complète de mon rêve, et je cherchais déjà toute sorte
de raisons pour me mentir à moi-même, lorsqu'au
coin de la rue de la Marine, *Calle de la Marina,* près
de *El Mercado Goajiro,* le marché Goajire, j'aperçus plusieurs autres Indiens des deux sexes, qui me
firent revenir sur la première impression si défavo-

rable. Trois d'entre eux principalement étaient superbes : grands, bien faits, la poitrine développée
et charnue, les jambes fortes et nerveuses, les épaules
larges, la tête ronde, les cheveux noirs et épais retombant sur la figure, le cou court et bien attaché,
la peau couleur café au lait et bien lisse. Ils avaient
vraiment grand air, un air noble, imposant; on sentait que dans ces veines devait couler un sang riche
et pur, et dans le regard il y avait une fierté native,
un orgueil de race, quelque chose de très hautain.
Une jeune femme de vingt années au plus, qui
était avec eux, excita tout particulièrement mon attention, c'était la première que je voyais. Elle n'était
pas jolie, en ce sens que ses traits n'étaient pas réguliers, mais l'ensemble de la figure plaisait, les yeux
étaient beaux, les lèvres rouges, sensuelles : de taille
au-dessus de la moyenne, les hanches saillantes et
bien dessinées, les seins droits et fermes semblant
crever le vêtement, *Tashé*, qu'elle portait, elle m'apparut ou plutôt je la devinai comme un de ces
corps de femme à la Rubens, aux chairs appétissantes
et rebondies : ce qu'on est convenu d'appeler une
belle fille, attrayante, désirable.

Cette rencontre imprévue me transforma les idées.
Ces derniers Indiens étaient bien ceux entrevus dans
mon imagination et décrits par mon ami X... Je lui

en avais voulu tout d'abord de m'avoir séduit par des descriptions trop enthousiastes, je lui fis amende honorable intérieure.

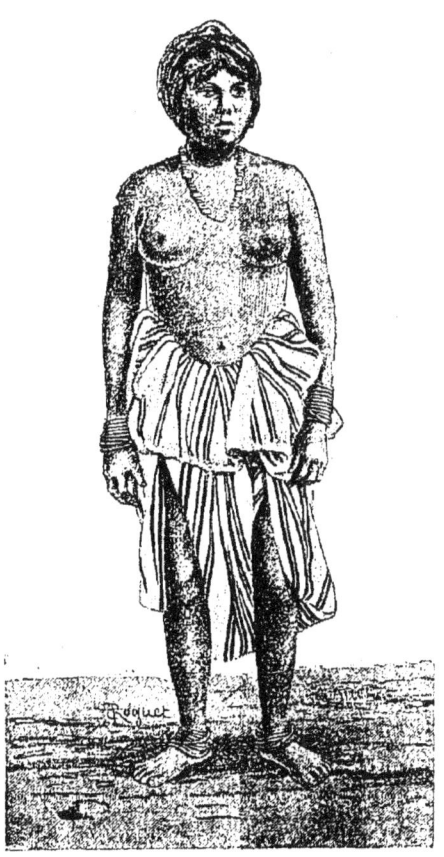

Fig. 7. — *Suiché*, vêtement de dessous de la femme goajire.

C'est à regret que je les quittai pour continuer mon chemin! Je me retournai dix fois vers eux.

Au moment où je me déshabillais pour me jeter à

l'eau, un autre groupe d'Indiens et d'Indiennes se dirigeant vers Rio-Hacha, débouchait d'un sentier caché au milieu des broussailles. Je remarquai que les femmes étaient chargées comme des ânes : l'une d'elles entre autres, dans un grand filet, *Kacton*, en langue Goajire, dont l'anse ou bandoulière en ficelle était posée sur le sommet de la tête, portait une énorme quantité de charbon de bois. Le poids l'obligeait à se tenir courbée en deux, et en outre elle avait à califourchon sur la hanche droite, un enfant de 15 à 16 mois encore à la mamelle ; elle marchait péniblement, succombant sous la cargaison. Son mari au contraire, les bras vides, la tête haute et arrogante, une baguette à la main, la suivait à deux pas en arrière, majestueux comme un pacha, sans se préoccuper en quoi que ce soit, d'aider la pauvre malheureuse créature. J'eus peine à réprimer en moi un sentiment instantané de révolte, contre de tels abus : cette façon incroyable de traiter le sexe faible, si différente de nos instincts chevaleresques français, m'avait subitement exaspéré : je ne sais ce qui me retint de l'apostropher durement.

Cela d'ailleurs n'eût servi à rien ; la femme, chez ces peuplades, n'est qu'un être secondaire, la bête de somme du ménage, ainsi que le prouvera la suite de notre récit.

Je me baignai enfin.

On m'avait assuré que la mer à Rio-Hacha et aux environs était pleine de requins hardis, s'avançant presque jusqu'au rivage. J'eus été heureux d'en découvrir un, comme on est désireux de connaître tout animal qu'on n'a jamais vu, mais ni ce jour-là, ni les suivants, cette chance ne me fut réservée. Je ne l'eus que plus tard : j'en aperçus un jour un, dont la nageoire triangulaire du dos, sortait de l'eau, semblable à un couteau de guillotine. Un autre me fit bien peur un soir que je traversais à cheval l'embouchure du « Calancala », ainsi que je le conterai dans un chapitre subséquent.

En revanche, dès ce premier bain, je fis connaissance avec les méduses, les étoiles de mer qui abondent sur ces côtes, et en particulier avec un tout petit poisson dont j'ignore le nom scientifique. Les Colombiens l'appellent *Bergantina*, et la piqûre en est des plus mauvaises. Je puis en parler à bon escient et pour cause, j'en fus victime. Tout à coup, je sentis au côté droit une douleur très vive, suivie de cuisson, au point d'en avoir une syncope, comme si on m'eut introduit dans le flanc un instrument aigu ; et en même temps une sorte de frisson froid, d'ébranlement nerveux me secouait tous les membres. Je regardai l'endroit de la piqûre : il n'y avait pas de plaie, mais

il était rouge, tuméfié. On eut dit une brûlure de
ventouse, de la largeur d'une pièce de deux francs,
avec beaucoup de petites taches, ou pour être encore
plus scrupuleusement exact, on eut juré qu'on m'a-
vait enfoncé dans la peau, une botte d'épingles
fixées sur un gros bouchon.

Rentré à l'hôtel, je fis part de ma mésaventure ; on
me conseilla de me frotter avec la moitié d'un citron.
Au bout de dix minutes, je fus soulagé, mais j'en
portai la marque pendant longtemps.

Je restai près d'un mois à Rio-Hacha, malgré mon
grand désir d'accomplir au plus tôt l'objet de ma
mission. Ce temps m'était nécessaire pour recueillir
quelques notes sur la ville et ses environs, sur ses
coutumes, organiser petit à petit mon voyage, en
m'entourant de tous les renseignements et précautions utiles.

Je n'eus pas à me repentir de ce séjour. Si Rio-
Hacha et ses habitants n'offrent rien de remarquable,
certaines habitudes, certains usages et plaisirs sont
curieux à relever.

Les rues sont, comme à Barranquilla, absolument
sablonneuses ; on y enfonce moins cependant ; mais
quand il pleut, comme à Barranquilla aussi, elles
se transforment en véritables torrents. Longtemps
après l'orage il y reste de grandes flaques d'eau, et

si vous voulez sortir, il faut patauger jusqu'à mi-jambe.

Les maisons sont en général bâties en paillotis et couvertes en feuilles de palmier : on y compte à peine une douzaine de constructions à étage, sortes de chalets, et une quarantaine de toits en tuiles et en lamelles de bois.

Chez les pauvres, l'intérieur est celui de nos plus humbles chaumières : quelques chaises écloppées, une table boiteuse, et pour dormir, des hamacs tissés en coton, ou même des hamacs de filet.

Dans les quelques familles aisées, le mobilier n'est guère meilleur relativement. Il ne se ressent en rien du luxe et du confortable modernes. Des chaises cannelées, des fauteuils cannelés à bascule, dans lesquels dames et jeunes filles passent une partie de la journée à se balancer en bavardant, des petits meubles noirs d'encoignure, une table de milieu ou guéridon, une ou deux glaces, deux ou trois lampes, voilà la composition ordinaire d'un salon. Dans les chambres, les lits autres que les lits de sangle, sont fort rares : tout cela est importé de l'Amérique du Nord.

Il est vrai de dire que la chaleur est tellement forte pendant toute l'année, qu'on ne pourrait supporter des rideaux ni de grandes tentures; il faut

que l'air puisse circuler librement. C'est pour cette
raison que nulle part vous ne trouvez de vitres aux
fenêtres. Ces ouvertures contiennent seulement des
barreaux en bois et des petits volets, qu'on ouvre
toute la journée et qu'on ferme la nuit.

Il est fort difficile à un Européen de se procurer les
vivres auxquels il est habitué. On n'y trouve aucun
de nos légumes, aucun de nos fromages, aucun de
nos fruits, quelquefois des pommes de terre de
France, de New-York ou de la Sierra Nevada, mais
à un prix exorbitant : deux réaux, soit 1 franc, la
livre de 460 grammes. Du porc frais, il n'y en a
pour ainsi dire jamais, du mouton très rarement,
de la chèvre ou chevreau assez souvent. Ce qu'on
achète couramment, ce sont des œufs, du riz, de la
viande de bœuf ou de vache, et les produits du pays,
bananes et yucca. Mais de même que, suivant la
chanson, on ne peut pas manger tous les jours du
pâté d'anguille, il est très dur de s'accoutumer à
avaler quotidiennement, du riz, du bœuf, des œufs
et les légumes exotiques, surtout que les cuisinières
indigènes n'ont qu'une éducation culinaire rudimen-
taire. Non seulement elles ignorent l'art d'accom-
moder les restes, mais encore l'art plus précieux
peut-être, de varier leurs plats. Aussi voyez-vous
reparaître à chaque repas les mêmes choses, sans

changement d'un iota. Au bout de quinze jours de
cet exercice, vous êtes écœuré, l'appétit a disparu,
l'estomac s'atrophie, en un clin d'œil vous êtes
anémié, et du jour où vous êtes débilité, gare les
fièvres avec tout leur cortège de dangers! Le dernier de nos marchands de vin et de nos cabaretiers
nous semblerait en comparaison un Vatel! Que de
fois, loin de mon cher Paris, j'ai envié un modeste
ragoût de mouton ou une bonne soupe aux choux,
avec beaucoup de lard, et avec beaucoup de choux,
pour plat unique! J'eus donné pour cela les plus
grands festins de la Colombie!

Les Rio-Hachères n'éprouvent pas la nécessité du
bien-être, du progrès, et à aucun point de vue ne
cherchent à améliorer leur situation. Ils sont routi-
niers et arriérés dans toute l'acception du terme. Peu
instruits, ils ignorent jusqu'aux plus élémentaires
notions des sciences, dont ils font fi d'ailleurs. Les
phénomènes physiques les plus simples, qu'ils ne
comprennent pas, sont pour eux l'objet de supersti-
tions invraisemblables; ils les expliquent en criant
au miracle, au surnaturel. Ils se plaisent beaucoup
aux contes fantastiques, c'est dans leur tempérament,
dans leurs goûts : exagérés, emphatiques en tout,
ils aiment tout ce qui revêt un caractère effrayant,
merveilleux ou mystique. Chacun sait en France, si

j'en excepte peut-être certaines communes du fin fond
de la Bretagne, que les feux-follets qui parfois vol-
tigent le soir au-dessus des marais, sont dus à une
combustion de gaz mélangé à l'air, eh bien, pour
les Colombiens, ces feux-follets sont l'annonce, l'in-
dication, par les *Esprits* sans doute, d'un trésor caché. Ils en sont absolument convaincus, et vous ne les
ferez jamais démordre de cette ridicule prévention.
Le plus drôle, c'est que, malgré leur foi inébranlable
en ces croyances, personne n'oserait entreprendre de
fouilles, dans la crainte qu'il ne leur advienne malheur.

Ils vous raconteront très bien, sans sourciller, et
avec la plus entière sincérité, des histoires abraca-
dabrantes de revenants, avec tous les accessoires obligés en pareil cas, apparition de spectres et fantômes,
bruit de pas ou de voix sépulcrales, cliquetis d'armes,
que sais-je, bref toutes les hallucinations d'une imagination maladive ou pusillanime.

Ceci, me direz-vous, n'est pas extraordinaire, il y
a encore beaucoup de gens en France assez naïfs
pour croire à ces puérilités. C'est vrai, mais chez nous
c'est l'exception et on s'en défend, tandis que là-bas
c'est la généralité, la totalité même, et on le confesse ouvertement. Il n'y a pas de plus grand plaisir
pour un Rio-Hachère que de provoquer la curiosité

Fig. 8. — Une rue de Rio-Hacha.

parmi ses auditeurs trop crédules, ou d'exciter un sentiment de terreur parmi eux.

Un soir, je scandalisai fort un brave homme dont la maison était, prétendait-il, visitée chaque nuit par son ancien propriétaire défunt.

Vers les minuit ou une heure du matin, il entendait très distinctement sur les dalles, la marche d'un cavalier botté, avec des éperons, et ce cavalier s'approchait de son hamac pour causer avec lui.

En me parlant ainsi, il avait un ton mystérieux, et sa physionomie prenait une expression de peur très significative. Je lui proposai, séance tenante, de dormir seul chez lui cette nuit-là, lui avouant que j'étais désireux d'entrer en relations avec ce pacifique revenant et de lui serrer la main. Ma plaisanterie, fort anodine, lui parut lugubre et déplacée : il consentit pourtant à se retirer.

Il est inutile de vous affirmer, n'est-ce pas, que mon sommeil ne fût troublé par aucune vision, et que je ne fus réveillé qu'à cinq heures du matin par des coups réitérés à ma porte. C'était mon bonhomme, anxieux de savoir si je n'avais pas déserté son immeuble et si je n'avais pas été témoin des scènes nocturnes dont il se plaignait. Le résultat le plus clair est que j'avais eu affaire à un poltron, et il n'en manque pas dans ce genre.

Le rêve de tout bon Rio-Hachère est d'être commerçant quand ses moyens le lui permettent, ou de devenir un employé du gouvernement : de même, le rêve de tout négociant ou individu aisé est d'envoyer son fils faire ses études à Bogota, et de le faire recevoir avocat. Avec ce titre, en Colombie comme dans tous les autres pays de l'Amérique du Sud, n'arrive-t-on pas à tout?

Du haut en bas de l'échelle sociale, on ne veut pas de profession fatigante. Les jeunes gens ayant un peu d'instruction et de capital, qui pourraient s'adonner aux travaux d'agriculture ou créer une industrie, s'y refusent absolument. Ils veulent passer la vie le plus agréablement qu'ils peuvent, sans se donner de mal. L'ouvrier ou *Péon* veut aussi gagner son pain moyennant la dose la plus faible possible de peine, il demandera comme salaire d'une journée ce que raisonnablement il devrait ramasser en une semaine. La cause prédominante de cette apathie, est sans doute le chaud climat qui ramollit les courages; la faute en est aussi à l'éducation première, et au manque d'initiative des classes dirigeantes. A ces motifs, on pourrait en ajouter un autre qui n'est pas le moins important, l'insouciance du lendemain. Pour les naturels du pays, l'existence est à si bon marché · et on a si peu de besoins! Dès lors, à quoi bon les

économies? Jamais d'hiver, de saison froide, par
conséquent point de charbon ou de bois de chauf-
fage, point de gros et lourds vêtements à se procurer,
c'est l'été éternel, une température moyenne de 28
à 30 degrés! Un pantalon et une chemise de toile,
un léger chapeau de paille, n'est-ce pas tout ce
qui suffit à l'ouvrier? Que dépense-t-il pour sa nourriture? Presque rien, les fruits tropicaux dont il se
contente, sont si peu chers. S'il n'a pas de maison
pour l'abriter, il se couchera dans les rues ou sur la
plage, sur le sable fin, les nuits sont si belles et si
douces! S'il est malade, n'a-t-il pas toujours une famille, un *compadre*, compère, qui s'en occupe et
le recueille? Car je dois le reconnaître, en toute jus-
tice, les Rio-Hachères, comme les Colombiens en
général, ont, à côté de leurs défauts, une qualité
éminemment appréciable et précieuse. Ils prati-
quent entre eux les lois de la plus large hospitalité,
et sont très heureux de s'aider mutuellement.

Il n'y a pas de voitures dans la ville, elles seraient
du reste inutiles ; où se promener, à part quatre ou
cinq rues? en un clin d'œil les ressorts se casseraient
dans les cahots. Au dehors, il n'y faut pas songer, les
routes ne sont pas carrossables. Vous n'y trouvez que
nos petites charrettes à bras traînées par des ânes.
Pour aller dans la province, à Treinta, Villanueva,

Valle-Dupar ou Fonseca, le seul moyen de locomotion est la mule et le cheval, et quels affreux chemins! Quels voyages durs et pénibles avec ce soleil ardent qui vous brûle la peau et le sang!

Comme à Barranquilla aussi, les porcs ont la permission de circuler librement partout où les pousse leur humeur vagabonde. Ils pénètrent jusque dans les cours et maisons pour y voler tout ce qu'ils peuvent se mettre sous la dent. Ce n'est qu'à grands coups de pied ou de bâton que vous parvenez à les chasser, ventre affamé n'a pas d'oreille. Leurs maîtres ne leur servant rien à manger, c'est l'usage, ou tout au moins ne leur offrant qu'une très maigre pitance, ces animaux sont bien forcés de chercher leur nourriture d'abord parmi les ordures et débris jetés sur la voie publique, puis à leur défaut, dans les propriétés privées. Ils sont d'une hardiesse et d'une voracité incroyables, et comme on disait dans « *Rabagas* » s'il y avait « un mot plus cochon que le mot cochon », il leur serait certainement applicable. Figurez-vous que les premiers jours de ma venue à Rio-Hacha, arrivé près de terrains vagues qui servent de water-closet, je me voyais suivi chaque matin par le même « *Cher Ange* » de Monselet, sans deviner pourquoi. Il se tenait à distance respectueuse, et à peine avais-je tourné les talons, il s'approchait bien vite de l'endroit que j'avais quitté. Je voulus en avoir le cœur net, et je constatai que cet estimable quadrupède, selon le vieux proverbe français, « à défaut de grives, mangeait des merles ».

Les chiens n'ont pas cette même liberté : la police en fait de temps en temps des rafles le soir, et les massacre impitoyablement sans rime ni raison, ni plus ni moins que s'ils étaient sous la coupe de M. Lozé.

Les seuls monuments, si on peut les nommer ainsi, sont l'église qui sert à éclairer de la lumière divine les fidèles pendant le jour, et avec le phare de sa tour, les marins pendant la nuit; puis la statue de l'amiral Padilla sur la Grand'Place, en face de l'église. L'amiral Padilla est un Rio-Hachère qui se distingua dans la guerre de l'Indépendance en forçant la barre du Maracaybo. Ce fait d'armes le rendit célèbre parmi ses concitoyens qui le considèrent, le revendiquent comme un de leurs grands hommes et à juste titre, honorent sa mémoire. Voici ce qu'on lit sur le socle :

« A José Padilla, experto marino
« Que forzo la barra de Maracaybo
« Pasando a fuego vivo los esteros
« Y Castillos de San Carlos
« La Patria Agradecida
        « MDCCCLXXXI »

Traduction : « A Joseph Padilla, habile marin qui força la barre de Maracaybo en passant à travers un feu vif, les lagunes et châteaux de Saint-Charles ; la Patrie reconnaissante. »

Puisque je suis sur le chapitre de l'Église, c'est le moment de vous narrer les coutumes religieuses qui se sont perpétuées à travers les siècles dans presque toute leur intégrité. Elles sont encore fidèlement et scrupuleusement observées de nos jours. Ne croyez pas pour cela que le Rio-Hachère, je parle surtout du pauvre, quoique catholique de naissance, soit très pratiquant : non, ce n'est pas la dévotion qui l'étouffe, il s'en désintéresse, il est indifférent. Sa religion est plutôt une sorte de superstition : ainsi, vous ne le décideriez pas pour un empire, à aller travailler dans la montagne un dimanche ou même un jour de simple fête de saint, comme on en célèbre tant en Colombie ; pourquoi ? Parce que l'idée est très répandue parmi eux que, pour sa désobéissance, il sera infailliblement piqué par une vipère, par un serpent, ou qu'il se blessera. Mais il n'assistera pas à la messe, et si l'envie de se griser ou de visiter ses maîtresses lui vient, soyez sûrs qu'il ne s'en privera pas ; malgré tout, arrangez cela comme vous voudrez, il est très fanatique.

Les deux seules fêtes auxquelles chacun prend part

Fig. 9. — Procession de « La Virgen de los Remedios ».

sont les fêtes patronales, celle de « *La Purissima Virgen* », la Chandeleur, le 2 février, et celle de « *La Virgen de los Remedios* », le 14 mai. Elles durent huit jours, et l'octave en est le plus beau.

Elles sont toutes deux l'objet d'une observance particulière, surtout la seconde, à cause d'une légende qui s'est conservée vivace parmi la population. Il s'agit d'un fait miraculeux attribué à la statue de la Vierge « *de los Remedios* » que leur église possède depuis la conquête espagnole, et qu'ils prient avec une grande vénération.

En ce temps-là, Rio-Hacha était riche et prospère. La plage, aujourd'hui presque déserte, aux maisons à moitié délabrées, était « *la Calle de la Marina* », rue de la Marine, remplie de bijoutiers, joailliers, orfèvres vendant perles, bijoux et pierres précieuses. Sa renommée était grande par le monde, et elle avait à différentes reprises excité la convoitise des pirates qui l'avaient saccagée et détruite, mais toujours grâce à ses ressources inépuisables, elle s'était relevée de ses ruines. Cette année-là, un 14 mai, attirés encore une fois par l'appât d'un énorme butin, les pirates étaient revenus pour la piller de fond en comble, quand on eut l'idée de s'adresser à la Vierge « *de los Remedios* », pour conjurer le malheur menaçant. On en promena pompeusement la statue re-

vêtue de tous ses atours à travers la ville, et quand
la procession, dit la légende, arriva sur le rivage,
la Vierge saisit tout à coup la couronne qu'elle avait
sur la tête et la jeta dans les flots. Aussitôt une tempête horrible s'éleva, toutes les barques montées par
les corsaires sombrèrent, et ceux-ci furent impitoyablement noyés jusqu'au dernier. C'est en souvenir de
ce miracle qui sauva Rio-Hacha d'une perte certaine,
qu'on a établi chaque année, le 14 mai, une fête anniversaire. Et ce jour-là, la même statue de la Vierge
parée, à la mode espagnole, de ses plus beaux ha-
bits de soie, est sortie avec le cérémonial accou-
tumé à travers les rues de la ville. Toute la population en liesse suit le cortège, les maisons se pavoi-
sent de drapeaux et de banderolles, on allume aux
fenêtres lampes et bougies, et les six musiciens de la
Musique municipale sans compter la grosse caisse et
les cymbales qui ne jouent pas le moindre rôle, font
entendre leur répertoire varié. A chaque reposoir,
et même en marche, les familles font chanter des
« Salve », pour solliciter une faveur céleste quelconque. Chaque « Salve » rapporte une piastre au brave
curé de la paroisse. Il en récite parfois deux cents
dans tout le trajet, de sorte que la procession partie
de l'église à cinq heures, après la tombée de la chaleur, n'y rentre qu'entre minuit et une heure du

matin ! J'ai eu l'honneur d'y assister, je n'invente pas !

Deux autres coutumes religieuses qui se sont aussi conservées depuis un nombre incalculable d'années, revêtent des mœurs d'un autre âge, un caractère de foi encore primitive : elles en sont une manifestation outrée, comme il devait y en avoir aux premiers temps de la chrétienté.

Durant la semaine sainte, Judas, le traître, est représenté par un mannequin, grandeur naturelle, et des gens du peuple s'amusent à tirer sur lui des coups de fusil, très sérieusement, comme s'ils accomplissaient un devoir.

L'autre est tout au moins aussi étrange.

La veille de Noël, quand sonnent les douze coups de minuit, à la messe, on voit descendre le Saint-Esprit sur la crèche, sous la forme habituelle d'une colombe. Et immédiatement, pour donner tout le réalisme possible à la naissance de Jésus à Bethléem dans une étable au milieu de divers animaux, les gamins se mettent à imiter à haute voix les cris de mouton, de coq, de chien, de bœuf, et à faire grincer une foule de crécelles très bruyamment. Vous ne sauriez vous figurer quel effet comique produit la première fois ce réalisme si enfantin et si imprévu, si peu en rapport avec la sainteté du lieu et le respect qui lui est dû.

Le Rio-Hachère n'est pas méchant : doux et calme
par nature il ne s'échauffe que lorsqu'il a pris quelques *tragos*, quelques rasades de rhum. Dans ce cas,
quelques-uns ont parfois l'humeur batailleuse, et
l'on a vu de simples disputes dégénérer en rixes où
le *Machete*, sabre d'abatis, vidait la querelle par
quelques bonnes entailles.

Les trois principaux divertissements du Rio-Hachère sont la *Paranda*, les combats de coqs, et la
Cubiemba; ce dernier est le plaisir favori de la classe
pauvre.

Il se livre aussi très volontiers des après-midi
entiers aux jeux de cartes et de loto, les femmes
plus enragées encore que le sexe fort. Car tous, sont
très joueurs, ils adorent les loteries, les jeux de hasard. Il ne se passe pas de semaine sans qu'on vienne
vous offrir des billets à une ou deux piastres, émis
au nombre de 12, 15, 20 ou 25, selon le cas et l'importance de l'objet, pour gagner au sort n'importe
quoi, une boîte d'odeur, une robe d'enfant, un mouchoir brodé, une bague, un bibelot quelconque.

Ce qu'ils appellent *parandear*, c'est se réunir le
soir à plusieurs, absorber ensemble quelques verres
de rhum chez l'un et chez l'autre, puis vers 11 heures de la nuit, aller entonner quelque chanson,
quelque refrain devant la porte des amis, leur

donner une sérénade. Ceux-ci, suivant l'usage, sont obligés de se lever, et de régaler les chanteurs de divers autres petits verres. *Parandear* se traduirait donc très exactement et tout bonnement en argot parisien, par ces termes : « faire la noce ».

Les combats de coqs sont très courus : ils commencent le premier dimanche de décembre pour finir en avril. S'ils font fureur en Belgique et dans le nord de la France, je n'oserais cependant affirmer qu'ils ont la même vogue qu'à Rio-Hacha : là, c'est de la frénésie. L'enceinte est toujours bondée ; les paris, relativement à la fortune locale, sont très gros, on vendrait presque sa chemise pour pouvoir parier, et l'animation entre les deux camps tient presque du délire. Le triomphe ou la défaite se trahit par des trépignements, des vociférations ou des hurrahs, c'est un tapage infernal ! Heureux les sourds !

Il y a une très grande émulation entre les propriétaires de coqs pour obtenir la meilleure espèce ; chacun vante la sienne, la proclamant supérieure à toutes. Presque toujours, le cou, la poitrine et les jambes de ces oiseaux sont dégarnis de leurs plumes, pour qu'ils s'échauffent moins dans le combat et puissent résister plus longtemps ; cela les rend affreux avec leur chair rouge, et déplaisants avec leur maigreur. Contrairement aux habitudes belges et

françaises, on ne leur fixe pas aux pattes des éperons d'acier, on se borne à aiguiser leurs ergots, à
les rendre très pointus. J'ai horreur de ces specta-
cles, je les trouve barbares ; je voulus cependant un
jour, par curiosité, me rendre compte de cette lutte,
ne fût-ce qu'à titre de renseignement, et comme
étude de mœurs. Sûrement, je n'y retournerai plus ;
j'en revins presque malade, réellement écœuré des
regards durs et des sensations cruelles que je li-
sais sur toutes ces physionomies ; il y avait quelque
chose de féroce dans tous ces yeux. En revanche,
quel courage et quel intrépidité montrent ces petits
animaux, qui se battent avec toute leur ardeur, avec
toute leur énergie jusqu'à ce qu'ils tombent mortellement frappés !

La « *Cubiemba* » est la danse des ouvriers, danse
absolument indigène. Je voudrais vous en donner
une description aussi précise qu'une photographie,
pour ne rien lui enlever de son cachet, de sa pittoresque originalité ; elle est unique en son genre.

Pour me faire comprendre le moins mal possible,
je vais essayer d'en tracer succinctement le tableau.

D'abord, pas de salle de bal, c'est le plein air, sur
une place : pas de clôtures, pas d'entraves.

Représentez-vous maintenant un poteau enfoncé
en terre. un petit mât de 2 mètres 50 environ de

hauteur, au sommet duquel flotte le drapeau colombien : plus bas, autour de la hampe du drapeau et contre ce mât, trois ou quatre lanternes suspendues en rond. Voilà le décor dans toute sa simplicité.

Vers 8 heures, trois musiciens viennent s'adosser contre ce poteau, un joueur d'accordéon, un joueur de tambour, un joueur de *Guacharaca*. Ils préludent par quelques airs, c'est l'invitation.

L'accordéon tout le monde le connaît, il est importé d'Allemagne, le tambour ou mieux le tambourin, a ceci de particulier, qu'il a la forme d'un cône tronqué et qu'il n'a qu'une peau ; c'est à peu de chose près celui des nègres de la Martinique. Comme là aussi, il se tient entre les jambes, et se joue avec les mains.

La « *Guacharaca* » ne ressemble à aucun instrument, à qui je puisse le comparer.

C'est une petite tige de bois, plate, de la longueur d'une canne et de deux doigts de largeur, recouverte d'une mince plaque de fer ou de zinc avec des dents en forme de scie, avec des crans comme une crémaillère, si vous préférez. De la main gauche vous tenez ce bâton, tandis que la droite armée d'un petit morceau de fer de la grandeur et grosseur d'un crayon, racle dessus en montant et en descendant. Cela produit un son de cric-crac, destiné comme le

triangle chez nous, à accompagner les autres instruments.

C'est peu harmonieux, je vous le concède, et même
suffisamment agaçant. Oh! ce grincement!

Dès que la musique est bien en train, vous voyez
défiler hommes et femmes par groupes, les hommes
en manche de chemise souvent, les femmes avec des
bougies allumées à la main, et avec des *Cucuyos*
ou vers luisants, dans les cheveux et à la taille.

Et immédiatement, les femmes excitées par cette
musique qui leur est chère, se mettent à tournoyer
autour du mât, en glissant sur le sol, avec un léger
mouvement cadencé, lascif, de va et vient en avant
et en arrière, du ventre, des hanches et des reins :
les hommes leur font vis-à-vis en exécutant le même
mouvement. Je ne dis pas que ce soit une danse des
plus chastes et des plus décentes, mais elle est certainement des plus gracieuse, et n'a aucun point de
contact avec cette horrible danse du ventre qu'Algé-
riennes et Égyptiennes nous ont exhibée pendant
l'exposition de 1889. C'était plus que grotesque, c'é-
tait affreux!

Ces femmes en tournoyant ainsi, éclairées par la
lumière des lampes et de leurs bougies, me parurent,
je me suis abusé peut-être, avoir un air heureux,
rayonnant. Par moments, elles chantaient, je les

croyais voir frissonnantes, entraînées dans cette ronde langoureuse par une émotion inconsciente, qui sait? par une sorte de satisfaction des sens.

Elles dansèrent jusqu'au jour.

Un plaisir que j'omettais et qui a bien aussi sa valeur pour les Rio-Hachères, est de s'asseoir, après le dîner, à la porte des voisins, d'y respirer l'air frais, et de deviser de tous les événements de la journée. Cette mode entretient leur penchant aux commérages, aux cancans. La conservation qui commence sur des sujets banals, la pluie et le beau temps, se change peu à peu en propos intimes, en confidences, et se termine toujours en roulant sur les faits et gestes de M. un tel ou de Madame une telle. Alors pendant un quart d'heure, une demi-heure, ces infortunés sont sur la sellette, leur conduite est épluchée avec soin depuis A jusqu'à Z, on ne leur épargne pas les épithètes, leur réputation est vite établie. Le lendemain ces nouvelles se propagent de bouche en bouche, avec l'exagération inséparable de tous les bavardages. La fable de ce bon Lafontaine « La femme et le secret » sera éternellement vraie.

Le carnaval a aussi à Rio-Hacha une très grande vogue. Dès le mois de janvier, les jeunes gens, à la tombée de la nuit, commencent à se déguiser, et vont *intriguer* chez leurs amis. Mais les trois jours

gras sont fêtés avec une animation extraordinaire,
comme dans toutes les autres villes du littoral d'ailleurs, à Santa Marta et à Barranquilla. C'est encore
une mode très suivie ; les gens les plus sérieux eux-
mêmes, de vieux pères de famille se mettent de la
partie, et la nature des farces dépasse réellement
pour nous, Européens, les bornes et les licences per-
mises. Du dimanche au mardi-gras chacun a pour
ainsi dire toute liberté d'agir à sa guise, et peut
donner un libre cours à sa verve et parfois aux plus
mauvaises plaisanteries. Ce ne sont pas nos mœurs,
leur gaieté n'a rien de spirituel, elle est d'une éducation douteuse pour ne pas dire grossière.

Ainsi dans la rue, on vous barbouillera très bien
la figure et les vêtements avec des couleurs ou du noir
de fumée. J'en ai vu qui étaient d'une saleté repous-
sante. On vous cassera très bien sur la tête des œufs
vidés et remplis de plus ou moins fine odeur, on ira
même jusqu'à vous asperger chez vous avec des
seaux d'eau, fussiez-vous malade, et on vous forcera
à sortir malgré vous de votre maison, à aller vous
promener dans la ville en vous traînant. Si par hasard on prend mal la chose, et si on se plaint, on se
fait des ennemis, et l'autorité ferme les yeux.

Pendant cette période, le mieux pour un Européen est de se barricader chez soi.

Je ne puis me dispenser, à mon avis, d'entamer ou du moins d'esquisser à grands traits le chapitre du beau sexe, cet élément si appréciable du genre humain, source des plus grandes vertus et des plus grands crimes, celui qui le premier fait battre si tendrement, si délicieusement notre cœur, celui qui nous préoccupe tant tout d'abord, dès que nous abordons une ville nouvelle, un pays nouveau. Quelle sera la femme? sera-t-elle jolie? sera-t-elle bonne? N'allons-nous pas y découvrir l'idéal entrevu dans notre jeunesse, cet ange aux ailes d'azur? S'il allait éclater enfin cet amour latent qui dort dans le cœur de chacun de nous, et qui n'attend pour sa réalisation que l'apparition vivante du rêve? N'est-ce pas votre première pensée en posant le pied à terre? Tout le reste n'est que secondaire.

Ce bonheur ne m'était pas réservé, à Rio-Hacha : le type, à part de très rares exceptions, est incapable de vous enthousiasmer. Dans quelques familles aisées, certaines jeunes filles ne manquent pas d'attrait, elles ont de jolis yeux et un charme de douceur fort sympathique répandue sur le visage, mais le laisser aller de la démarche, la mollesse des manières, la façon de se vêtir peu coquette et sans goût, l'absence complète du *montant* qui captive et enflamme l'esprit, leur enlèvent la plus grande partie de leurs qualités séduisantes. C'est fade, terne, sans nerf, sans ressort : les sens eux-mêmes n'en sont pas affectés; ils restent froids!

La femme du peuple est laide, et ce qui est pis que la laideur, mal soignée et malpropre. Par ci, par là, quelques fillettes gentilles, désirables, avec de grands yeux noirs et une assez belle chevelure, mais en général pas de tournure, pas d'élégance de corps, pas de formes appétissantes. Faute de corset, les hanches ne sont pas accusées assez fortement, les reins sont insuffisamment cambrés, et les seins dès qu'ils se développent un peu, descendent d'un étage. Ah! que nous sommes loin de nos petites ouvrières parisiennes, à la figure si fraîche, au petit nez retroussé qui prend le vent, à la mine mièvre, mutine et gaie, au regard et au sourire si provocants, à la taille si fine et si bien tournée, à l'allure si vive, si preste, quand leurs petits pieds mignons résonnent toc-toc sur notre macadam.

Leur costume est du reste peu propre à faire ressortir leurs avantages; elles ne portent que des robes-peignoirs à peine ajustées, et traînent dans leurs pieds nus une savate sans talon « *Chacleta* ». L'ensemble n'est pas beau.

Pourtant, j'aurais pu peut-être à la longue, surmonter cette mauvaise impression, et soupirer en

secret pour quelque innocente beauté de l'endroit,
si, pour vous confesser toute la vérité, je n'en avais
été désillusionné et dégoûté dès le début par un fait
dont je vous laisse juge, et qui avait à tout jamais
déterminé chez moi une répulsion instinctive.

J'avais abandonné l'hôtel, c'était incommode, je
m'étais mis à mon ménage en louant une petite
maison et en prenant une bonne à mon service,
jeune fille d'une vingtaine d'années qui n'était pas
plus désagréable qu'une autre, somme toute, et qui
chaque matin, à mon retour du bain, poussait la
complaisance jusqu'à me frictionner le dos. Mais...
passons.

Un jour, au déjeuner, elle me servit une petite
boîte de sardines; j'avais par hasard une faim vi-
goureuse, je l'achevai entièrement, tandis qu'à deux
pas, ma bonne guignait la boîte du coin de l'œil.
Quand cette boîte fut vide, elle me la demanda. Je
la lui avançai de suite, sans la questionner bien
entendu sur l'emploi qu'elle en voulait faire.

En me levant de table pour aller fumer un cigare dans la cour, je l'aperçus en train de se graisser
les cheveux, en guise de pommade, avec l'huile
des sardines. A partir de ce moment là, voyez-vous,
ce fut plus fort que moi, adieu les amours, elle me
fut odieuse; plus la moindre friction. Je ne pouvais

me débarrasser de cette idée que tout en elle sentait
la sardine, c'était une obsession d'un genre inédit,
l'obsession de la sardine. Désormais, il m'eut été
impossible d'avoir seulement un regard tendre pour
cette créature, si belle qu'elle eût pu être ; j'aurais
toujours cru, malgré tous les efforts contraires, à
des habitudes déplorables de malpropreté, d'autant
plus que j'avais été déjà à même de remarquer la
façon sommaire dont hommes et femmes se débar-
bouillent à leur réveil. Je ne puis omettre ce détail.

Ils remplissent d'eau un verre ordinaire, ou une
petite calebasse, *Totuma,* en aspirent suffisamment
dans la bouche pour la nettoyer et se gargariser
la gorge. Puis avec un doigt ils se frottent les
gencives et les dents. Cette eau est ensuite dégur-
gitée dans le creux de la main droite, et avec cette
main faisant office de serviette ou d'éponge mouillée,
on se lave les lèvres, les yeux et un peu le bout du
nez. Avec le surplus de l'eau du verre, ils se rin-
cent les mains, et tout est dit.

Le dimanche, il est de bon ton d'aller se baigner
au Calancala, soit à l'embouchure même, soit aux
environs de Rio-Hacha, aux « deux Rios » ou « Barrancas ». Dans ces deux derniers endroits, on s'y
rend presque toujours à plusieurs, en partie de
plaisir, jeunes gens et jeunes filles à cheval, ou en

petite charrette traînée par une mule ou un âne. On dit qu'on va à « la campagne ».

Si on ne va pas à « la campagne », il est encore de bon ton ce jour-là, pour un jeune homme surtout, de monter un beau cheval indien marchant l'amble, et de caracoler dans les rues de la ville, à la plus grande vitesse, à la plus grande allure possible. Il faut bien *épater* un peu la population et produire son petit effet!

On se croit de cette manière un Monsieur, un *Caballero!*

Comme je le dis plus haut, il n'y a pas de water-closet dans les maisons de Rio-Hacha, on les remplace par une promenade dans les terrains vagues aux environs de la ville. Il est une coutume fort amusante, c'est que les femmes se réunissent presque toujours à plusieurs pour se rendre en ce lieu discret; elles vont se chercher mutuellement. C'est ce que dans leur langage, elles expriment en ces termes, « *ir al Monte* ».

Les femmes, comme les hommes fument énormément, un cigare long et fin : le tabac n'y est pas très bon, mais il est très bon marché, c'est un produit de la région, de La Ciénaga. A l'inverse des hommes, les femmes tiennent dans la bouche le côté du feu, aussi ont-elles, presque toutes, les dents

RIO-HACHA. 7

mauvaises, noires et ébréchées. Elles ne sauraient
se priver de tabac : ont-elles un ouvrage à faire,
elles éteignent leur cigare et le placent, comme un
crayon, derrière l'oreille ou même dans leur chi-
gnon. A peine ont-elles terminé leur besogne, elles
le rallument aussitôt.

Je me tairai sur les mœurs rio-hachères, c'est un
sujet scabreux, délicat, et je serais désolé d'offenser
qui que ce soit. C'est du reste chez moi un principe
absolu, rigoureux, de ne toucher à la vie privée de
personne, chacun est libre de ses actes sous sa res-
ponsabilité. Toutefois, comme on est assez enclin
en Europe à admettre que l'amour sous ce ciel
tropical doit se ressentir des ardentes caresses du
soleil, il est de mon devoir de détromper. Les
grandes et violentes passions y sont totalement in-
connues : on aime doucement, tranquillement, sans
fougue, sans fatigue. Point de ces grandes envolées
de l'âme, de ces ineffables bonheurs secrets, de ces
grands déchirements, de ces grandes douleurs, tout
y est à l'eau de rose. La chaleur tue en vous les
hautes inspirations, c'est le terre à terre de la repro-
duction animale. Aussi, là, jamais de ces tristes et
nombreux suicides de désespoir, de folie amoureuse,
jamais de ces terribles drames de l'adultère qui dé-
solent nos sociétés. Toutes ces fleurs du mal ne

poussent que dans les pays froids, c'est l'excès de civilisation sans doute qui les fait éclore. Là-bas, l'intérêt neuf fois sur dix, guide la femme pauvre

Fig. 10. — Catalina; portrait de Rio-Hachère.

dans ses affections; il est si bon de ne rien faire par 35° à l'ombre.

Les petits garçons courent dans les rues jusqu'à sept ou huit ans tout nus, ou simplement vêtus d'une chemise. La majeure partie a la maladie du « *Car-reau* », grâce à une alimentation composée en trop grande quantité de maïs, de bananes et de *Panela,* cassonade du pays, et à leur excessive gourmandise. Ils mangent, ils grignotent tout le temps quelque chose, et ne refusent jamais la nourriture. Ils en ont le ventre très proéminent, et avec cela des jambes grêles; aussi de loin sont-ils vraiment très disgracieux. Mais examinez leur tête, les yeux ne sont pas vilains, les traits sont assez fins et réguliers : il en est de même des fillettes jusqu'à l'âge de dix ou douze ans; elles sont gentilles, et promettent beaucoup comme beauté. Après cet âge, malheureusement, en s'accentuant, les traits se décomposent, durcissent ou s'allongent, le nez et les lèvres en grossissant n'ont plus les contours enfantins; la jolie chrysalide devient un laid papillon.

Avez-vous à Rio-Hacha un *compadre* puissant, un compère, tenant le bon bout de la poêle, c'est-à-dire étant dans le Gouvernement, car il n'y a que deux partis politiques, les Conservateurs et les Libéraux, vous pouvez obtenir tout ce que vous voulez. On a pour vous des égards, des indulgences inénarrables. Pour vous en citer un exemple, on mit en adjudication il y a quelques années, la reconstruction des bâtiments de la douane; un Monsieur dont

je regrette d'avoir oublié le nom, se rendit adjudi-
cataire, moyennant un prix de 10 à 12,000 piastres,
que devait lui payer l'État, si ma mémoire est exacte.
On versa d'avance à ce Monsieur un fort à-compte
comme les deux tiers ou les trois quarts de la somme,
pour commencer les travaux. Il partit dans la direction de Santa Marta, et... les Rio-Hachères l'at-
tendent toujours. Il est, paraît-il, installé dans une
petite distillerie qu'il a fait construire, ou établisse-
ment analogue. On voulut poursuivre cet individu,
mais le *compadre* puissant, s'interposa, et l'affaire
fut étouffée. On m'a garanti la scrupuleuse exactitude de l'histoire, à Rio-Hacha même.

Quels sont les rapports des civilisés avec les Indiens
Goajires, leurs voisins immédiats? Ah, dame! ils ne
sont pas des plus courtois ni des plus amicaux, et la
faute en est plus aux premiers qu'aux seconds. Les
Rio-Hachères qui trafiquent avec ces sauvages, ou du
moins quelques-uns d'entre eux, n'ont pas toujours
été des modèles de bonne foi et de loyauté. Ils les
ont souvent trompés et maltraités, ont abusé de leur
ignorance; et ceux-ci pour se venger ont, par représailles, dépouillé les civilisés de leurs troupeaux, ou
embusqués sur les routes, les ont quelquefois attaqués et massacrés. Ce n'est pas une opinion personnelle que j'émets, remarquez-le bien, cela se trouve

tout au long dans une brochure publiée en 1889 à
Santa Marta, par M. Santiago Z... alors préfet de Rio-
Hacha, et adressée à M. le Gouverneur de la province du Magdalena ; j'en ai un exemplaire entre les
mains. Les Indiens sont encore barbares dans leurs
lois et dans leurs mœurs, c'est incontestable ; ils ont
conservé leurs grossières et primitives coutumes, et
il y aurait lieu, conclut-il, de les dompter, ou tout
au moins de créer sur certains points de leur territoire, des postes militaires comme on l'a fait au Vénézuéla. On les obligerait ainsi à obéir aux lois colombiennes. Mais il n'en est pas moins vrai que les
civilisés ne sont pas étrangers à leurs violences, à leurs
incursions dans les propriétés Rio-Hachères, par les
mauvais traitements que certains d'entre eux, leur
infligent. En voici la preuve : je copie textuellement.

« Males que reciben los Indigenas de los civiliza-
« dos.

« 1º En los tratos y negocios que los civilizados
« celebran con los Indigenas, algunos de aquellos
« tratan de engañar a estos ; y al efecto los emborra-
« chan para quitarles todo por menos precio ; no cui-
« dan de atraerlos à las buenas costumbres, sino que
« les dan malos ejemplos ; la major parte les mal-
« tratan, y no es aventurado decir que muchos de
« los crimines y tropelias que cometen las Indios, se

« debe à uno o mas civilizados pervertidos, etc...

« 2° Ataques à la vida e intereses de los Indigenas
« por los civilizados lo que naturalmente se queda
« impune, porque los agraviados no ocurren à la
« autoridad... ni la hay en el territorio que evite
« tales desmanes.

« 3° El abuso que puede cometerse, y que quiza
« se ha cometido muchas veces, de traer indigenas
« antes las autoridades, y con testigos de amaño
« probarles una deuda o un robo o hurto, y hacerles
« detener y reducir à prision o pagar lo que no
« deben. »

Ce qui se peut traduire ainsi, mot à mot :

« Maux que reçoivent les Indiens des civilisés.

« 1° Dans le trafic et le commerce que font les
« civilisés avec les Indiens, quelques-uns de ceux-là
« cherchent à tromper ceux-ci, et à cet effet les
« grisent pour tout avoir à moindre prix : ils ne
« prennent pas de soin de les attirer vers les bonnes
« coutumes, ils leur donnent au contraire de mau-
« vais exemples. La majeure partie les maltraite, et
« ce n'est pas s'aventurer que de dire que beaucoup
« des crimes et violences commis par les Indiens,
« sont dus à un ou plusieurs civilisés pervertis, etc...

« 2° Attaques à la vie et aux intérêts des Indiens
« par les civilisés, ce qui naturellement reste im-

« puni, parce que les offensés n'ont pas recours à
« l'autorité, et qu'il n'y en a pas sur le territoire,
« pour empêcher de tels désordres.

« 3° L'abus qu'on peut commettre, et qui peut-être
« s'est commis bien des fois, c'est de traîner devant
« les tribunaux les Indiens, et avec des témoins de
« complaisance les convaincre de dette, de vol ou de
« larcin, les faire arrêter et mettre en prison ou leur
« faire payer ce qu'ils ne doivent pas. »

Quoiqu'il en soit, il est juste de dire que parmi
les Indiens, il y a de fort mauvais sujets, ne vivant
que de rapines et de vols. Pendant mon séjour à Rio-
Hacha, j'en eus plusieurs exemples :

Une nuit, tout le bétail d'un riche Vénézuélien
établi en Colombie, M. Alexandre Goëticoa, s'élevant
à plus de 200 têtes, fut enlevé par une bande de
Goajires, sans qu'on pût savoir où il avait été em-
mené et sans qu'on pût rien reprendre.

De plus, l'étroit chemin qui, à travers des broussailles et de petits arbustes, conduit à Treinta dans
la province, était devenu dangereux. Les muletiers
chargés d'apporter à Rio-Hacha, avec des caravanes
de mules et d'ânes, le café de Villanueva, du Molino,
de Barrancas, et autres produits comme maïs, panela,
bois de Brésil, avaient été plusieurs fois attaqués et
pillés. Plusieurs aussi avaient été mis à mort pour

n'avoir pas voulu livrer leurs cargaisons aux bandits ; un jeune garçon de treize à quatorze ans n'avait même pas trouvé grâce. On l'avait attaché à un arbre et lardé de flèches à quelques pas.

L'auteur de ces méfaits, devait être un féroce Indien très redouté, dont je ne me rappelle plus le nom. Il était le chef de quatre ou cinq chenapans de son espèce, et la peur qu'il inspirait, lui assurait l'impunité.

Fatigués pourtant de ses exactions, les Rio-Hachères résolurent de s'en débarrasser. La police étant insuffisante, une véritable chasse à l'homme fut organisée par les soins d'un jeune et vaillant Colombien Andrès I... accompagné d'une trentaine d'amis de bonne volonté, tous armés de fusils. Cette petite armée battit inutilement la brousse à cinq ou six lieues à la ronde, la multiplicité des sentiers se croisant en tous sens, rendait les recherches difficiles, impossibles. Le principal criminel, qui connaissait admirablement le pays dans ses moindres recoins, leur échappa. Je ne sais ce que depuis, il est advenu de lui. On put s'emparer seulement d'un de ses neveux, qui fut écroué à la prison de la ville. Ce n'était malheureusement pas le plus coupable.

Je dus le rencontrer un jour que j'étais allé chasser aux environs de Rio-Hacha (c'était mon plaisir favori), d'après le signalement du moins qu'on m'en donna au retour. Je n'y avais pas pris attention, il était seul, il m'avait dévisagé, puis, m'avait laissé passer sans rien dire. Est-ce parce qu'il me vit armé d'un fusil, ou plutôt parce que le butin eut été à peu près nul?

Pour en revenir à la question de chasse, je dois dire qu'elle est peu attrayante, pour plusieurs raisons : la chaleur du jour, les nombreuses épines des fourrés, et le manque de gibier. Je revenais presque toujours sans grand résultat, quelques petites perdrix huppées, des pigeons ramiers, quelquefois des lapins, une seule fois un renard gris appelé « *Zorro* ». Somme toute, le jeu n'en valait pas la chandelle. En revanche, je m'étais fait en très peu de temps la petite réputation de destructeur de serpents, j'avais eu la chance d'en démolir quelques-uns, dont un boa entr'autres, de très grande dimension, gros comme une cuisse et long de près de 4 mètres. Il avait reçu une balle en pleine colonne vertébrale, près de la tête, alors qu'il dormait au soleil.

A la veille de mon départ pour la péninsule Goajire, des gamins vinrent m'aviser qu'en coupant du bois à brûler près des « *deux Rios,* » ils avaient vu un grand serpent à sonnettes, *Cascabel.* Ils venaient me demander si je voulais aller le tuer.

Je partis avec eux, à la recherche de ce fameux reptile qui leur avait causé une énorme frayeur, paraît-il. Pendant une heure, je fouillai tous les endroits qu'ils me désignèrent; l'animal ne se montrait pas, il était introuvable. Je le crus réfugié dans le tronc creux d'un volumineux cactus qui était à deux pas, et au moyen d'une perche, j'essayai de le faire sortir en ramonant l'arbre du haut en bas. Mal m'en prit; il n'y était pas davantage. Mais une dizaine de guêpes géantes se jetèrent soudain sur moi, et en deux secondes j'eus l'œil gauche en compote, et la joue enflée comme d'une fluxion. C'est à peine si je pouvais encore me diriger seul : un des enfants me prit par la main, et me servit de chien d'aveugle, pour retourner en cet état à Rio-Hacha. Chemin faisant, cet enfant m'appliqua sur tout le côté gauche du visage, de la terre glaise humide, pour atténuer l'inflammation et diminuer la douleur. C'est le remède du pays, indiqué en pareil cas, et, dans sa simplicité, il est assez efficace. Le lendemain l'enflure avait cessé, mais au milieu de la joue, le dard d'une de ces guêpes était resté. Je dus bon gré mal gré me faire une incision pour le retirer et cautériser la blessure avec de l'alcali. J'en garderai la marque toute la vie. Ce même lendemain, vers le soir, je tuai ce serpent. Il avait à l'extrémité de la queue onze vertèbres, ce qu'on appelle sonnettes, et mesurait près de 2 mètres.

Deux jours après, je partais pour la péninsule Goajire, avec les quelques étoffes et objets indispensables aux échanges et aux petits cadeaux.

Avant d'entrer dans le récit de mon modeste voyage, je fournirai quelques renseignements géographiques sur ce petit pays.

CHAPITRE IV.

La péninsule Goajire située à l'extrémité nord-est de la Colombie, s'étend dans la mer des Caraïbes sur une longueur de près de 200 kilomètres depuis Rio-Hacha. Bornée de trois côtés par la mer qui l'enserre, elle a pour autre limite naturelle au sud, d'une part les monts Oca, et d'autre part le fleuve « La Rancheria » appelé à son embouchure « Le Calancala ».

Sa superficie est d'environ 15,000 kilomètres carrés.

Elle est habitée par cette race d'Indiens encore sauvages, dont nous venons de parler, ayant conservé dans toute leur intégrité leurs lois, leurs mœurs, primitives et grossières.

Elle est comprise entre les 11° 5′ à 12° 30′ de latitude nord, et les 73° 30′ et les 75° 32′ de longitude ouest, entre ses points extrêmes en chaque sens.

. Ce territoire appartenait originairement à la Nouvelle-Grenade qui en 1831, comme chacun sait, s'est divisée en trois États distincts et autonomes, formant les trois Républiques actuelles de l'Équateur, de Colombie et du Vénézuela. Il fut longtemps l'objet d'un différend entre ces deux dernières, différend qui faillit amener la guerre entre elles.

Les Vénézuéliens en revendiquaient la moitié Est, le long du golfe de Maracaybo. Ils en avaient pris possession et affirmé leurs droits de propriété en établissant en divers endroits, entr'autres, à La Laguna et à Santa Teresa, près de Sinamaica, plusieurs postes militaires, *Factorias militares,* selon leur expression. Ces postes étaient chargés de sauvegarder, de défendre leurs intérêts, et tout à la fois de contrôler le commerce des étrangers avec les Indiens, de protéger ceux-ci contre la mauvaise foi des traitants, de réglementer en un mot leurs transactions et d'en prévenir les abus.

Une telle difficulté entre deux États voisins et frères, ne pouvait durer indéfiniment. En gens sages, ils résolurent de la trancher à l'amiable, en s'en référant à la décision du roi d'Espagne, choisi pour arbitre. Cette décision aujourd'hui publique, a été rendue tout en faveur de la Colombie, qui depuis le mois de janvier 1892, a envoyé ses douaniers et employés, remplacer à la Laguna, ceux du Vénézuela.

La péninsule Goajire tout entière dépend donc aujourd'hui des États-Unis de Colombie. Malheureusement, cette dépendance n'est jusqu'ici qu'apparente et illusoire; les Indiens sont maîtres et bien maîtres chez eux, et le seront peut-être longtemps encore.

Sa capitale nominale était anciennement San Antonio, *rancheria* ou village de 25 à 30 huttes ou *ranchos*, bâtie sur la rive droite du Calancala; ou plutôt, c'est là qu'était le siège de l'administration colombienne. Depuis le double meurtre en 1888, du civilisé Manuel J. Bonivento et de l'indigène Antonio Amaya, ce village a été abandonné et presque totalement détruit. Quelques toits de palmiers apparaissent encore au milieu des ruines.

La capitale effective est et fut toujours en réalité Rio-Hacha. Par sa situation, sur la rive gauche du fleuve et à un kilomètre environ, cette ville est, par terre et par mer, la porte d'entrée de la presqu'île, et le débouché naturel de tous ses produits. Comme nous l'avons vu plus haut, c'est là que chaque jour, les Indiens de la côte ouest et du centre, sans compter parfois ceux du nord, amènent sur le marché, leurs

bœufs, vaches, chevaux, mulets, ânes, etc., leur lait,
leurs œufs, leurs charbons de bois, et s'approvision-
nent en même temps des choses qui leur manquent,
soit pour leur nourriture, soit pour leurs vêtements.

Au point de vue du relief du sol, il y a dans la
Goajire, deux régions nettement tranchées, la divi-
sant à peu de chose près en deux parties égales; l'une
au nord, montagneuse, qu'on pourrait appeler la
Haute-Goajire, l'autre au sud entièrement plane,
qu'on pourrait appeler la Basse-Goajire.

Ou pour être plus exact, si du point de la côte
ouest nommé *Cardon de los Remedios*, ou en goajire
Guarirajao, on tire une ligne droite, passant au bas
du pic de *la Téta*, pour aboutir à la baie de *Calabozo* dans le golfe de Maracaybo, c'est-à-dire allant
du nord-ouest au sud-est, la démarcation des deux
contrées est encore mieux tracée, mieux indiquée.
Toute la partie au sud de cette ligne, jusqu'au fleuve
« La Rancheria » et les *Monts Oca*, n'est qu'une vaste
plaine composée de pâturages, de petits bois épineux
et rabougris, ou de lagunes. Toute la partie au nord,
au contraire, est traversée dans la même direction
du nord-ouest au sud-est, de trois chaines principales
de montagnes, entièrement séparées les unes des
autres par de larges vallées, et aboutissant des deux
extrémités à la mer. Quand je dis chaine de mon-

tagnes, il serait plus précis de dire, je crois, chaîne
de collines, car si on en excepte les quelques pics
plus élevés existant dans chaque groupe, le reste ne
dépasse guère 400 à 450 mètres. Elles sont le résul-

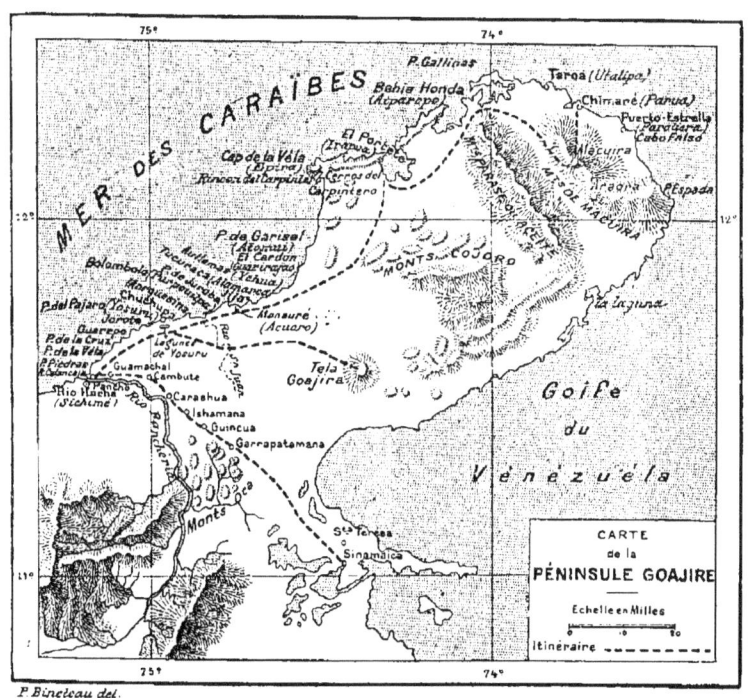

Fig. 11. — Carte de la péninsule Goajire.

tat d'une éruption volcanique, et beaucoup ont la
forme de cônes parfaits, alignés.

En venant de Curaçao, si le bateau ne s'éloigne
pas trop des côtes, on aperçoit très bien l'importante
chaîne du Macuira, peu de temps après avoir passé

les récifs des *Monges;* de même, arrivé aux environs de Bahia Honda, vous voyez très distinctement la seconde chaîne de montagnes, et surtout le pic Ipaca.

La première, en commençant par le sommet de la Péninsule, est celle de Macuira. Elle prend naissance en face et à dix-huit kilomètres environ, d'une plage sablonneuse et aride, *Chimaré* ou *Porua*, longe la mer sur tout son parcours à peu près à la même distance, et se termine, à la pointe extrême-est de la Goajire, à la pointe Espada.

C'est la plus intéressante des trois, comme végétation et culture du sol; c'est aussi la plus importante comme hauteur et surtout comme situation, par les deux effets météorologiques qu'elle produit.

Parallèle sur toute son étendue au rivage de la mer, et directement exposée aux vents du nord-est ou vents alizés qui soufflent ici les trois quarts de l'année, elle est comme une haute et large barrière naturelle, mise en travers de leur marche. Et il en résulte ce premier phénomène que, recevant en plein ces vents froids de la mer, sans aucune espèce d'entraves, sa température y est relativement basse; et qu'elle abrite au contraire, qu'elle protège toutes **les régions situées sur le passage de ces mêmes vents, soit presque toute la Péninsule, par conséquent.**

Mais en dehors de la température, elle exerce aussi une influence sensible, sur la sécheresse et l'humidité des régions environnantes, en d'autres termes, sur tout le climat.

En effet, tout le monde sait que les montagnes ont une influence réelle sur les masses légères des nuages errant dans l'atmosphère, qu'elles les attirent, les arrêtent dans leur course, les détiennent à l'état de nappes flottantes ou de couronnes ceignant leur faîte. C'est ce qui arrive au Macuira. Bientôt ces nuages en crevant, s'affaissent sur les pentes de ces monts, sous forme de pluies bienfaisantes, tandis que dans la vallée il ne tombe pas une goutte d'eau.

C'est à ces petites averses qu'est due la fertilité de leur sol, le seul vraiment fertile de toute la Goajire. Aussi leurs pentes sont-elles cultivées jusque plus de 500 mètres au-dessus du niveau de la mer. Vous y trouvez la canne à sucre, les platanes, le maïs, la courge, la *Batatilla* ou Pastèque, tout ce qui sert en un mot à l'alimentation des Indiens, voire même le tabac. Ce tabac m'a paru mauvais, surtout sans doute parce qu'on ne sait pas suffisamment le préparer.

Pendant les quelques jours que j'ai passés dans le Macuira, le thermomètre marquait de 18° à 20° cen-

tigrades. Nous sommes loin, comme nous le verrons
plus tard, des 25° à 35°, selon les époques, du surplus
de la Goajire.

Ses deux pics les plus élevés, sont au nord, le
mont Macuira proprement dit, dont l'altitude est de
853 mètres, l'autre plus à l'est et au sud, le mont
Araura, qui n'atteint que 690 mètres.

Une plaine qui peut avoir environ 14 à 15 kilomètres de largeur et qui doit avoir subi le même
mouvement simultané de soulèvement que les montagnes, car elle va en montant graduellement de la
mer vers le centre, sépare le groupe de Macuira de
la seconde chaîne que je suis assez embarrassé de
nommer. Je l'ai vue désigner diversement, du nom
de ses pics les plus élevés, Sierra Ipapa ou Ipaca,
Sierra Aceite, et aussi monts *Parasé* par les Indiens.
Parasé en langue goajire veut dire salé. Je ne
m'explique pas bien l'origine de cette dernière qua-
lification, à moins qu'on ne la tire de ses puits et
de ses eaux, toujours un peu plus ou moins saumâtres.

Elle commence presqu'aux rives mêmes du port
de Bahia-Honda, et traverse sur une bande étroite
la presqu'île d'une mer à l'autre, toujours dans la
direction du nord-ouest au sud-est.

Le pic *Ipaca,* au nord, atteint 650 mètres de hau-

teur, la Sierra Aceite, au sud, au *Guajarepa* atteint
environ 100 mètres de plus. Les ascensions en sont
très pénibles. Le reste n'est qu'une série de collines
variant entre 400 et 450 mètres, à la triste, à la misérable végétation. On n'y rencontre que des bois de
Brésillet, de Dividivi, des Cactus, des *Guamachos*,
des *Trupios* et autres arbres épineux.

Grâce à la grande sécheresse qui règne ici durant
huit mois de l'année, tout est aride, et l'on manque
d'eau. Pendant la saison des pluies seulement, d'octobre à décembre, il y a de bons et nombreux pâturages.

Entre cette seconde chaîne des monts Parasé et
la troisième appelée *Cojoro*, du nom sans doute du
port qui se trouve vers son extrémité sud-est, dans
le golfe de Maracaybo, se trouve encore une vaste
plaine, plus étendue que la précédente et plus va-
riable dans sa largeur; l'endroit le plus étroit peut
mesurer environ 10 kilomètres.

Ce ne sont ici que des rochers nus, des collines
de basalte aux sommets pointus, et d'une complète
stérilité.

Du côté du golfe de Maracaybo, ces monts prennent les formes les plus bizarres, et contiennent de
nombreuses cavernes qui servent d'abri aux terribles
indiens Cocinas, tant redoutés; car c'est dans cette

région et au sud du pic de la *Teta*, dont nous parlerons tout à l'heure, que vit ce ramassis de bandits et de pillards. Quelques-uns de leurs pics, qui ne sont que des masses de roches ignées, atteignent presque 900 mètres de hauteur.

Un peu plus au sud, s'élève un pic très connu, qu'on aperçoit à peu près de tous les points de la Goajire, la *Teta,* ou mamelle, dont la forme est absolument régulière. Sa hauteur est de 390 mètres, il est composé de trachytes et de feldspath.

La Péninsule contient encore deux collines isolées en face de Cardon de los Remedios, mesurant au plus 120 mètres, et un autre petit groupe de collines, près du cap de la Vela, un peu plus haute et un peu plus importante. Leur hauteur varie entre 220 et 240 mètres.

Après avoir résumé succinctement ces quelques observations sur le relief du sol de la presqu'île nord, je dirai aussi quelques mots sur la partie plane au sud, que j'ai nommée la basse Goajire.

Ce qui m'a frappé dans cette dernière région, c'est l'uniformité de sa végétation, et de ses petites ondulations du sol en tertres ou coteaux, près des marais, lagunes ou salines.

On pourrait classer les terrains des plaines, il me semble, en trois catégories principales, et affirmer

que suivant chaque catégorie on retrouvera toujours
à peu près la même nature de choses. On pourrait
les diviser 1° en terrains sablonneux, 2° en terrains
argileux, 3° en terrains mélangés ou terrains végétaux.

Les terrains sablonneux existent surtout au bord
de la mer, mais soyez sûr que partout où vous les
rencontrerez, vous ne verrez que genêts, cactus
grands et petits, buissons épineux, liserons, etc.

Les terrains argileux, selon leur qualité plus ou
moins compacte, et selon aussi les affaissements ou
non du sol, nous donnent, soit comme au « Pajaro »
(Yosuru), et à Giuseppe, de grandes et assez profondes lagunes, soit de bons et gras pâturages, soit
des petits marais sans profondeur, contenant une
sorte d'herbe très convenable pour les bestiaux.

Et les terrains mélangés ou végétaux, suivant leur
plus ou moins de richesse relative et leur composition, produisent une végétation plus ou moins pauvre, plus ou moins développée. Dans telle région,
comme à *Guamachal* ou *Iparé,* non loin de Rio-
Hacha, vous trouverez uniquement des champs de
mauves, à peu près pareilles à celles de France,
dans d'autres uniquement des bois de *dividivi,* de
trupio, de *cuica,* tous trois de même essence; dans
d'autres, des bois de brésillet ou des oliviers sauvages,

du gaïac et autres bois de petite futaie ; dans d'autres encore, de petits palmiers aimant les terrains plus ou moins humides.

Quant aux ondulations du sol, je les ai remarquées bien des fois le long de la côte ouest, près des lagunes ou salines. Ce sont de petits coteaux, de petites éminences, presque toujours alignées aussi dans la direction du nord-ouest au sud-est, et dont la hauteur au-dessus du niveau de la mer dépasse rarement 7 à 8 mètres ; les uns sont stériles, les autres couverts de petite végétation. C'est sur ces éminences que les Indiens construisent leur rancho, pour la raison que j'indiquerai.

Si j'en excepte le « Calancala » ou « Rancheria » qui fait la délimitation du monde civilisé avec le monde sauvage, il n'y a pas à proprement parler de fleuves dans la Goajire ; et d'une façon générale on y manque d'eau. Il existe bien un certain nombre de rivières et de ruisseaux, comme le Rio *San Juan* à la côte ouest près de Manauré (Acuoro), le joli rio *Macuira* à l'est dans la montagne de ce nom, et le *Naima* au sud-est qui se jette dans la baie de Calabozo ; mais tous ces ruisseaux sont à sec souvent plus de la moitié de l'année.

Il y a bien encore les lagunes, de différents côtés, sur tous les points du territoire ; mais souvent elles

sont insuffisantes, car, il arrive que pendant les années de grande et longue chaleur elles se dessèchent
aussi; la terre argileuse du fond se crevasse même
profondément. C'est ce qui eut lieu en 1890. Je me
rappelle très bien en cette année là, avoir traversé
à pied les grandes lagunes du « Pajaro » ou Yosuru,
ce qui ne s'était vu depuis longtemps; tandis que
six mois plus tard, en la saison des pluies, je m'y
perdais en chassant l'aigrette et le canard sauvage.

Pour obvier à ce terrible inconvénient, les Indiens
sont obligés d'avoir recours aux puits : dans certaines régions du nord, comme à Chimaré par
exemple, ceux-ci constituent leur seule ressource.
Vous en trouverez une dizaine sur la plage, de plusieurs mètres de profondeur : et, chose assez extraordinaire, quoiqu'ils soient situés sur une étroite bande
de sable resserrée entre la mer et des salines, l'eau
en est douce et claire.

Le plus souvent, ces puits sont creusés dans les
lits des rivières et des lagunes : on y descend au
moyen d'escaliers taillés dans le sable. J'en ai vu
ayant plus de 6 mètres de profondeur. Quel travail
et quelle patience il fallait à ces pauvres Indiens.

Pour y puiser, ils se servaient d'une écuelle faite
avec le fruit de la calebasse, *Totuma* en espagnol,
Ita en goajire, qu'ils déversaient au fur et à mesure

dans une sorte de jarre en terre cuite, *Amushi*. Cette
jarre était à son tour vidée dans une auge en bois,
faite en forme de canot, avec le tronc d'un arbre.
Jugez quel nombre d'écuelles ils devaient retirer,
non seulement pour alimenter toute une famille,
mais assurer aussi chaque jour le breuvage de cen-
taines de têtes de bétail! Souvent, il n'y avait au
fond du puits qu'un mince filet d'eau boueux, et on
ramassait autant à boire qu'à manger!

C'est à cette situation climatérique que l'indien
Goajire doit, d'être essentiellement nomade : il n'a
pas de domicile fixe. Quand l'eau vient à faire défaut
dans la contrée où il s'est établi, il part avec femme,
enfants et troupeaux, à la recherche d'un autre endroit plus favorisé, et s'y installe provisoirement. Il
y séjournera jusqu'au jour où l'eau et les herbages
venant de nouveau à lui manquer, il ira une seconde fois planter sa tente ailleurs. Mais si dans
l'intervalle, les pluies sont venues rendre la fertilité
au village qu'il occupait primitivement, il reviendra
y vivre avec les siens.

La Péninsule possède deux salines importantes,
toutes deux contigües au rivage de la mer, l'une
dans la région nord, à l'est de la pointe Gallinas,
à Taroa (Utalipa), l'autre dans la région sud à la
côte ouest, à Manauré (Acuoro). Cette dernière est

exploitée par le gouvernement colombien, et fournit une grande partie du sel nécessaire à la Colombie.

Rien qu'en voyant sur la carte, la configuration de la péninsule Goajire et sa position comme orientation, il est facile au premier coup d'œil de se rendre compte que toute la côte ouest, étant assez à l'abri des vents alizés, contient un grand nombre de rades assez sûres. Tous les bateaux d'un faible tonnage peuvent y mouiller sans danger à 5 ou 600 mètres environ du rivage, et par trois brasses d'eau environ. Le fond y est partout égal, sauf à Manauré, où il y a de nombreux bas-fonds. A 2 milles vous avez, par exemple, 3 brasses, à 1 mille et demi, vous en avez au moins 5, à 1 mille, vous n'en avez plus que 2 et demie. Il en est de même au « Portete » (Irapua). Ce serait certainement le meilleur port de la Goajire ouest, si l'entrée n'en était pas très étroite, pour le même motif.

Les autres ports sont « Bahia-Honda », large baie ovale de 10 kilomètres au moins de long, sur 4 de large, où les Colombiens ont construit il y a une douzaine d'années un *Resguardo*, poste de douaniers, qu'on aperçoit de très loin en mer par les temps clairs. On le considère généralement à tort, comme un couvent. Ce port n'est pas totalement à l'abri des vents alizés, malgré les collines de 20 à 25 mètres de hauteur qui l'entourent au nord. Comme Rio-Hacha, il y serait fort difficile dans l'après-midi, et même souvent le matin à partir de 10 ou 11 heures, d'embarquer à bord des navires, des marchandises sans les endommager. La mer est toujours grosse. « Puerto-Estrellas » (Paraliero) est un port aussi très étroit et assez dangereux, plein de récifs à ses abords. Dans le golfe du Maracaybo, il y en a deux autres excellents, celui de « la Laguna » où les commerçants de Curaçao venaient encore l'année dernière, trafiquer avec les Indiens, quand cette partie de la Péninsule appartenait au Vénézuéla, et le port de « Cojoro » au sud. Tous deux sont appelés, je crois, plus tard à prendre de l'extension.

En dehors des caps ou pointes connus, comme le cap de la Vela, la pointe Gallinas, le cap Chichibacoa, la pointe Espada (Jurien), il est facile aussi en regardant la carte, de voir par les échancrures nombreuses de la côte ouest, que cette côte possède un grand nombre d'autres pointes, depuis Rio-Hacha jusqu'au cap de la Vela, savoir : les pointes de las Piedras, de la Vela, de la Cruz, de Jorote, du Pajaro, de Chuchupa, etc.

La péninsule Goajire, comme tout le littoral nord de la Colombie, a deux époques nettement distinctes comme climat, la saison de sécheresse et la saison des

pluies. La première dure environ huit mois, la seconde quatre mois. Il pleut généralement en octobre
et novembre, puis en mai et juin. En ces quatre mois
vers midi, vous voyez les nuages s'amonceler, le ciel
s'obscurcir et vers une heure, de formidables orages
accompagnés d'averses torrentielles tombent tout à
coup : pendant ces deux périodes, c'est tous les jours
la même chose, jamais de pluies, pour ainsi dire,
sans orages. Les éclairs et les coups de tonnerre sont
souvent effrayants, et sur divers points à la fois. A
part ces périodes d'humidité qui, sauf des années
exceptionnelles, sont presque régulières, le reste du
temps est sec et chaud, le ciel est constamment
pur.

La température de la Goajire, en laissant de côté
celle des monts Macuira tout à fait spéciale, varie en
temps ordinaire de 27 à 32°, et par exception entre
23 et 37°.

Dans les mois de juin, juillet et août, les nuits sont
chaudes et la baisse thermométrique est peu sensible,
mais pendant le surplus de l'année, les nuits sont
fraîches, froides même, et une couverture de laine est
nécessaire tant pour se garantir du refroidissement
de la température que pour se préserver du serein
toujours assez dense au milieu de la nuit et surtout
vers le matin, quelques moments avant le lever du

soleil. Une nuit du mois de décembre, je constatai une baisse thermométrique maxima de 8° sur la température du jour, il n'y avait à peine que 21°. J'eus froid cette nuit-là, et au réveil ma couverture avait à sa surface beaucoup de rosée en goutelettes imperceptibles.

L'humidité de l'air est certainement très grande, malheureusement je n'ai pu relever d'une façon précise et certaine l'état hygrométrique, à défaut d'instruments. J'ai vu seulement que le fer ou l'acier même graissé, s'oxydait en très peu de temps d'une façon abominable, s'il n'était enveloppé d'un cuir ou d'étoffe imperméable. Un capitaine au long cours que j'ai connu dans ses voyages à Rio-Hacha, et qui avait beaucoup navigué sur ces côtes, m'a assuré que l'hygromètre à cheveu, de Saussure, qu'il possédait à bord, indiquait au cadran une moyenne de 65 à 70°, soit un air presque à moitié saturé. Je crois qu'il se trompait *en moins*.

Les vents du Nord-Est ou vents alizés soufflent sur cette région, avons-nous déjà dit, les trois quarts de l'année. A partir de décembre jusqu'en avril où ils sont beaucoup plus violents, ils alternent, ils sont combinés, si je puis m'exprimer ainsi, avec les vents de l'Est. Ceci est très connu des marins qui viennent ou qui vivent à Rio-Hacha. Le matin on se lève avec

le vent de l'Est, *la brisa*, la brise, comme ils l'appellent : tout à coup, vers 9 heures, 10 heures ou
11 heures, selon les jours, le vent se rafraîchit, il est
passé au Nord-Est. Il existe du reste une expression
consacrée pour désigner cette particularité : « Ah!
Voici le Nord-Est qui *entre*. » *Entra el Nordeste!*

Les vents du Sud et de l'Ouest sont fort rares, ils
ne soufflent que dans le mois de septembre, octobre,
novembre, à des intervalles divers et toujours très
courts, rarement à d'autres époques.

Voilà les quelques observations que j'ai pu recueillir sur la configuration physique et le climat de la
Péninsule. J'en arrive pour être complet, à l'histoire de ses habitants. La première question qui se
pose, est celle-ci : L'indigène actuel a-t-il été l'habitant primitif?

Je ne le crois pas, et quoique je ne puisse baser
mon appréciation sur des données absolument probantes, ce que j'invoque cependant me paraît concluant.

Il n'a jamais été fait aucune étude, aucune recherche à ce sujet, et si l'on s'en rapportait aux ouvrages
des écrivains espagnols du temps de la conquête
on serait bien mal renseigné ; on ne l'est guère mieux,
avec « La Floresta de Santa-Marta » et « La Perla
del America », deux livres du siècle dernier, par-

lant des Goajires, et réputés les plus complets. Les auteurs de ces deux livres, Nicolas de la Rosa et l'abbé Julian, rééditent les récits fantaisistes, les fausses appréciations et les inexactitudes de tout genre de leurs devanciers; ce qui indique clairement qu'aucun de ces écrivains n'a jamais pénétré dans la Péninsule, ne s'est rendu compte *de visu*, ni des lieux ni de la population. Chacun, c'est clair, s'est contenté de puiser toujours aux mêmes documents, aux mêmes sources, et de copier sans examen ce qui avait été écrit antérieurement, à tort ou à raison. Pour n'en citer qu'un seul exemple, l'abbé Julian dans sa « Perla de America » dit, en faisant la description du vêtement des Indiens Goajires : « A leur côté, pend la Muchila contenant le *Hayo* (Coca), et à leur ceinture est attaché le *Poporo*, petite calebasse qui renferme une chaux très fine, extraite par eux de coquillages de mer, bien moulus... ils mâchent cette mixture... et ils entrent ainsi et se promènent dans la ville avec un air majestueux et vainqueur, qui montre la vanité que conserve cette nation... »

Évidemment l'abbé Julian a pris cela purement et simplement dans Fernandez de Oviédo, Castellanos, Piedraita, Herrera ou autres, et c'est sa seule excuse; mais c'est une singulière erreur. Jamais l'Indien Goajire, d'après ce que j'ai pu voir pendant près de trois ans que j'ai vécu avec lui, ni ses ancêtres, d'après de minutieuses informations, n'ont usé de cette mixture de hayo et de chaux. Les Indiens Aruaques seuls, retirés aujourd'hui dans la Sierra Nevada, à San Miguel, San Antonio, Santa Rosa, Marocaso, etc., ont eu et ont toujours cette coutume, comme celle de porter à leur côté la muchila de Hayo et le Poporo.

Ou bien alors, si la description de l'abbé Julian, reproduisant celle de ses prédécesseurs, était exacte, cela prouverait qu'il y a trois cents à quatre cents ans environ, les Indiens Aruaques habitaient bien la péninsule Goajire. Pour mon compte personnel, je serais assez porté à y croire, pour les quelques motifs que je vais exposer brièvement.

Et tout d'abord, les Goajires l'affirment, ils ne sont pas les premiers habitants de ce petit pays; c'étaient bien les Indiens Aruaques qui y vivaient originairement, quand ils y sont venus en conquérants, et qu'ils les ont chassés. Eux-mêmes, d'où venaient-ils? Ils l'ignorent; quand on le leur demande : « De très loin », répondent-ils uniquement, c'est tout ce que vous en pouvez tirer. Ils n'ont aucun titre, aucune tradition, aucun monument : non seulement ils ne connaissent pas l'écriture, mais pas même le moindre signe conventionnel, la moindre figure, pour expri-

mer une pensée, un mot. Tout se borne à des légendes, à des souvenirs toujours très limités.

D'après certains auteurs, les Goajires descendraient
des bords de l'Orénoque; d'après d'autres, de l'intérieur de la Colombie, des environs de Mompos.

A vrai dire, on n'en sait rien, et tout se réduit à
des hypothèses. Ce qu'il y a de certain, c'est que c'est
une race belliqueuse, encore barbare, indomptable,
fière, aristocrate, exclusivement adonnée à l'élevage
des troupeaux, sans aucune religion, sans aucune
manifestation extérieure de culte, et nomade.

En second lieu, il existe dans la Péninsule, un certain nombre de cimetières d'Indiens Aruaques, à la
côte ouest, près de Guarépo, dans la chaîne de montagnes de Macuira, et sur les rives même du Calancala.
Ce dernier que je visitai, et que je mis à nu en partie, contenait une grande quantité de *tinajas,* sorte
d'urnes enfouies là depuis des siècles, entièrement
pourries, et dont l'authenticité aruaque ne pouvait
être contestée. Elles étaient identiquement semblables
à celles que je rencontrai dans la Sierra Nevada, à
Dibulla, Quintana, Bonda etc., sur lesquelles tout le
monde est d'accord. Toutes renfermaient des osse-
ments, dans un entier état de désagrégation; en les
prenant, ils tombaient en poussière. J'en examinai
un certain nombre avec soin, dans l'espoir d'y dé-

couvrir des crânes, des tibias ou des fémurs bien
conservés, pouvant servir à des mensurations, je ne
pus rien recueillir. Je ramassai seulement quelques-
unes de leurs *tumas,* sorte de perles rondes ou oblongues en jaspe ou agate rouge, travaillées par eux et
percées d'un trou aux deux extrémités ; ils en faisaient
des colliers.

En troisième lieu, dans la chaîne du Macuira, j'ai
appris par les affirmations de plusieurs Indiens Goajires, trop tard malheureusement pour le contrôler,
qu'il existait des restes non équivoques d'anciennes
cases construites par les premiers Aborigènes, des
ruines de village. Néanmoins, je me fis donner
des explications précises, et je crus reconnaître sans
aucun doute à divers détails, les vestiges d'anciennes demeures d'Indiens Aruaques. J'en vis aussi de
semblables sur les premières hauteurs de la Sierra
Nevada, aux environs de Santa Marta. Et soit dit en
passant, mon opinion est que les premières cultures
sur les monts Macuira ont dû être établies par les
premiers habitants, les Aruaques; par nature et par
goût ce sont de vrais agriculteurs. Les Goajires eussent été incapables de le faire, par paresse, par ignorance et par mépris surtout de cette branche de produit. Les pauvres seuls chez eux, presque des parias,
peuvent s'adonner à l'agriculture, et travailler ma-

nuellement; les riches sont trop grands seigneurs
pour faire quelque ouvrage des mains. Ils ne peuvent se livrer qu'à l'élevage.

Enfin, une dernière raison, est que le timide et
doux Aruaque a une peur terrible du Goajire, il le
considère comme son plus mortel ennemi. Il suffit
seulement de prononcer son nom devant lui, pour
voir la terreur se peindre immédiatement sur sa physionomie : ceci est un fait avéré. Dès lors, comment
comprendre et justifier une crainte aussi exagérée,
s'il n'y avait pas eu dans le passé, une lutte violente,
une guerre sanguinaire entre ces deux peuplades,
une haine inoubliable?

Vers quelle époque les Goajires sont-ils venus s'installer dans la Péninsule? — Il serait difficile de donner une date précise; aucun écrit, je le répète, n'en
fait mention d'une façon positive. Il y a lieu de supposer cependant, que cette prise de possession remonte à plus de trois siècles.

Il n'a jamais été fait de recensement de cette population; on l'évalue entre 25 et 30,000 âmes.

Ces Indiens sont divisés en castes ou familles indépendantes les unes des autres, et souvent ennemies
entre elles. Mais tous les membres d'une même caste
ne constituent qu'une même famille et sont tous solidaires; tous épousent la querelle de l'un d'eux, et

si une guerre, pour une cause quelconque, éclate entre deux individus de caste différente, la lutte s'étend entre les deux tribus tout entières. Par suite les familles les plus puissantes sont non pas les plus riches, mais les plus nombreuses.

J'aurai l'occasion de revenir sur ce chapitre, au cours de mon récit de voyage, et de mes quelques notes ethnographiques.

CHAPITRE V.

Quand tout fut prêt, je fixai mon départ au 15 octobre.

Comme premier itinéraire, je devais parcourir la presqu'île dans toute sa longueur, du sud au nord en longeant la côte ouest.

Il fallait emporter diverses provisions de bouche, quelques étoffes légères, indiennes, coton écru, un peu de rhum, beaucoup de petits cigares tant pour notre usage que pour les petits cadeaux obligatoires. Chez ces sauvages plus qu'ailleurs, les petits cadeaux étaient nécessaires, paraît-il, pour entrer en bonnes relations, et aussi pour les maintenir.

J'étais très préoccupé de savoir comment j'allais être reçu ; car à entendre certains Rio-Hachères, il devait m'arriver forcément quelque mésaventure.

Mon guide lui-même, Antonio G..., qui était en même temps mon interprète, sans se prononcer d'une façon affirmative, me faisait comprendre que ce voyage. n'était pas sans péril.

Je ne devais pas dans tous les cas, m'avait-il dit, oublier une bonne carabine de tir, avec un nombre suffisant de cartouches.

« Chez ces gaillards-là, voyez-vous, ne cessait-il de « me répéter, il faut s'attendre à tout, et il est indis-« pensable d'imposer le respect. En général, l'Indien « n'est pas méchant par nature, mais il a la haine du « Rio-Hachère, ou plutôt de tout ce qui est descendant « d'espagnol, *Arijuna*, comme il le désigne en terme « de mépris. Et quand il s'enivre, il devient parfois « féroce. Une bonne arme bien apparente, le tient « toujours sur une prudente réserve. »

Comme j'avais une excellente carabine Winchester, je me promis de l'emporter.

Je louai des ânes et des mules pour les charger de mes colis. Quant à nous, nous irions à pied ; on voit et on juge mieux ainsi, on est plus libre de ses mouvements.

La seule difficulté était de franchir le Calancala, qui à cette époque de l'année, est toujours grossi par de violents et continuels orages, et par suite assez

Fig. 12. — Embouchure du Calancala.

profond; un banc de sable formant une barre longue de 2 à 300 mètres, à l'endroit où ses eaux se
joignent à celles de la mer, permet à d'autres époques de le traverser sans danger. Rien n'est même
plus curieux que cette traversée faite par les Indiens Goajires. Sur tout ce long parcours dans l'eau,
vous voyez émerger des têtes d'hommes, de femmes,
de jeunes gens, de chevaux, mules, ânes, les animaux souvent effrayés et entraînant leurs maîtres
qui les tiennent par la bride, tandis que ceux-ci
jettent de hauts cris pour éloigner les requins et les
crocodiles, toujours nombreux en ces parages.

Le mardi 15 octobre, à 5 heures du matin, un
peu avant le jour, je partais seul avec Antonio. Toutefois, pour nous aider à franchir le Calancala, Antonio avait cru prudent de nous faire accompagner
de deux hommes, jusque sur la rive droite du fleuve.

Vingt minutes après, nous étions devant l'embouchure, aux bords couverts de grands palétuviers.
Leurs gigantesques racines s'étendent dans toutes les
directions et servent d'asile à de nombreux caïmans.
Je remarque aussi beaucoup de mancenilliers : de
petites pommes à la fine odeur sont même sur le
sol.

On desselle les mules et ânes en toute hâte, et tous,
nous nous déshabillons. Puis, faisant un petit paquet

de nos vêtements, nous nous les posons sur la tête
en les soutenant de la main gauche, et nous nous
plongeons dans le fleuve. Les deux Rio-Hachères, tenant chacun deux animaux par la bride, nous pré-
cèdent pour nous indiquer le chemin, chercher la
meilleure passe ; ils s'occuperont ensuite de nos bagages.

Le fleuve est en effet profond. En temps ordinaire,
l'eau ne vient guère au delà de la ceinture, mais
aujourd'hui nous en avons presque jusqu'au cou, il
est difficile d'avancer. Il nous faut aussi jeter des
hauts cris, et faire beaucoup de bruit pour éloigner
les caïmans et les requins.

A un endroit, le sable est mouvant ; nous sommes sur la barre formée par le fleuve, on enfonce.
Je manque de perdre l'équilibre ; par suite de ce
faux mouvement mes vêtements se mouillent sur la
tête. Nous nous arrêtons un instant : nos hommes
nous font signe qu'ils sondent la rivière, ils obli-
quent à gauche. Nous ne sommes encore qu'au milieu : les animaux sont obligés de nager, nous per-
dons pied pendant quelques brasses.

La traversée est longue, nous avons fait déjà plus
de cent mètres, nous en avons presque encore autant à faire. Le fleuve devient moins profond, nous
n'avons plus d'eau que jusqu'à la taille, nous ap-

prochons, encore quelques mètres, nous y voici enfin. Nous foulons le territoire Goajire.

Les ânes et les mules se secouent ferme, et nous
nous rhabillons en hâte.

Nos animaux sont bientôt sellés de nouveau, et
après avoir absorbé à la hâte un peu de café froid
et de rhum, nous nous mettons en marche. Le soleil se lève au milieu d'un ciel magnifique, il est
près de 6 heures. Vous savez qu'aux environs de
l'Équateur, les jours sont égaux aux nuits, pendant
toute l'année. Malgré l'heure matinale, on sent déjà
que ce soleil sera chaud.

Une grande plaine nue, entrecoupée de lagunes
et d'herbages, se présente tout d'abord ; pas un seul
ombrage. A l'est, sur notre droite, nous laissons un
village *Buena-Vista*, c'est aujourd'hui le plus proche
village ou rancheria indienne, de Rio-Hacha.

Le nom est bien donné, *bonne-vue :* on peut en
effet découvrir au loin ; rien n'arrête les regards.

Et bientôt, nous entrons dans un bois épineux, à
la végétation rabougrie. Ce qui me saute aux yeux
de suite, c'est la multiplicité des sentiers qui se
croisent en tous sens, chose d'ailleurs que je remar-
querai partout où je passerai plus tard. Vous êtes
dans un sentier, vous le suivez, tout à coup il bi-
furque en trois ou quatre directions différentes :

vous prenez l'une d'elles, à son extrémité, vous
trouvez une bifurcation nouvelle. Si vous n'avez pas
le soin, à chaque instant, de bien vous orienter, ou
si vous n'avez pas un guide très expert, vous ris-
quez fort de vous égarer ou de vous détourner du
moins de votre route. C'est un labyrinthe à ciel ouvert.

Ce premier taillis parcouru, nous retrouvons des
lagunes, des herbages, puis un autre taillis, et ce
sera ainsi de suite jusqu'à *Guarépo* ou nous déjeu-
nerons.

En passant dans de hautes herbes peu épaisses,
je crois apercevoir à ma gauche, quelque chose qui
rampe et lève la tête par moment; j'approche, c'est
un boa gros comme le bras, de 1 mètre 70 à 1 mètre
80 de longueur, cherchant sa nourriture, quelque
lézard ou quelque crapaud. J'approche encore; je
le vois maintenant très distinctement dans toute sa
longueur; il m'a entendu et m'a vu, mais il ne bouge
pas, il continue, avec sa tête soulevée à 10 centimètres du sol, à regarder de tous côtés sans s'émou-
voir. J'en profite pour l'ajuster bien en travers. Ma
balle le coupe presque en deux, il vit encore, il re-
mue, mais pas longtemps, la colonne vertébrale est
cassée.

Plus loin un épervier, *Guacao,* de la grandeur de

nos buses d'Europe, enlève dans ses serres un jeune
serpent. Toute cette contrée en foisonne, et d'espèces variées, *coral, boquidorada, cascabel* ou serpent à sonnettes, *boas,* etc...

A dix heures, nous sommes à Guarépo; le soleil
est ardent, et me brûle la peau. Mon guide me pro-
pose d'y déjeuner, de nous y reposer et de ne nous
remettre en marche que vers 4 heures; nous arri-
verons dans la soirée au « *Pajaro* », notre première
étape, à 8 lieues de Rio-Hacha.

Il me présentera à une Indienne riche, *Lakana,*
qui nous donnera certainement l'hospitalité.

Nous nous tenons à la porte de sa hutte ou rancho,
attendant qu'elle en sorte, pour nous souhaiter la
bienvenue; c'est l'usage goajire. Il ne faut jamais
s'introduire dans un rancho, avant que le maître ne
vienne, le premier, vous saluer. Généralement, il
vous dit : « *Int is pia* », tu arrives; c'est le bonjour,
et l'on doit répondre : « *Int is taya* », j'arrive.

S'il tarde à venir, c'est qu'il ne veut pas vous recevoir, et alors vous devez vous retirer.

Après le salut, la première chose que fait l'Indien,
est de vous accrocher un hamac de corde, *sori,* ou
de coton tissé, *jamatauré,* pour que vous vous as-
seyiez; il ne connaît pas les chaises, ni les tables, le
hamac est le seul mobilier.

J'examine à la hâte le rancho de notre future hôtesse; il est tout en feuilles de palmiers, la carcasse seule est faite de poteaux de bois de gayac, et les interstices comme la toiture, sont bouchés avec ces feuilles. Il est rectangulaire et très bas; le toit commence à 1 mètre 40 au plus du sol, et l'unique ouverture qui sert d'entrée, n'a pas plus de hauteur; il faut se plier en deux pour y pénétrer.

A 5 ou 6 mètres, à gauche et en face, je vois deux autres ranchos qui ne sont que des hangars ouverts à tous vents, le toit seul est couvert. Devant tous ces ranchos, j'aperçois de solides poteaux de 2 mètres de haut, placés à quelque distance; un peu plus loin, d'autres plus petits. J'apprends d'Antonio que les grands servent pour attacher les chevaux, mules, bœufs, les petits pour les chèvres et moutons. Sur la droite, un assez vaste rond entouré d'une palissade de pieux, c'est le *Coral* ou *Kurara*, l'enclos réservé aux chevaux et mules pendant la nuit.

En faisant ainsi une inspection sommaire, je remarque encore que le rancho principal a plusieurs marmites en terre déposées contre ses parois, c'est la batterie de cuisine.

J'en suis là de mes observations, quand *Lakana* s'avance vers nous d'un air majestueux; l'abord me semble sérieux et froid; il n'en est rien, paraît-il, c'est l'usage. Elle est vêtue d'une longue robe flot-

Fig. 13. — *Tashen,* ou manteau-robe de la femme Goajire.

tante, *Tashen,* d'étoffe noire légère; on ne peut mieux comparer cette robe qu'à un grand sac retourné dont le fond serait percé d'un trou pour

passer la tête, et de deux autres trous de chaque
côté, pour passer les bras. C'est la plus juste idée
qu'on puisse se faire de ce vêtement. Les pieds sont
nus, mais aux chevilles je vois des bracelets de corail, les poignets en ont aussi; au cou pend un long
collier de *tumas* entremêlé de perles en or. Les
tumas sont des perles rondes ou oblongues, de
jaspe ou agate rouge, comme nous l'avons dit plus
haut.

Antonio qui parle admirablement la langue Goajire, me présente comme un noble étranger, *Pa-
rainsishi;* ce mot produit immédiatement son effet.
Au regard que me jette l'Indienne, il me semble que
je suis désormais classé. Les riches Indiens ou Indiennes sont très orgueilleux, très aristocrates, et
sont heureux et flattés de recevoir les étrangers,
réputés plus riches qu'eux. Je profite de l'occasion
pour offrir à mon hôtesse quelques petits cadeaux
insignifiants, qui font bonne impression.

On nous accroche des hamacs sous le petit rancho
en face du principal, et bientôt *Lakana* envoie chercher son plus beau mouton. Très étonné de cette
aimable réception inattendue, je fais part à Antonio
de ma surprise. Ce n'est pas ce qu'on m'avait promis
à Rio-Hacha.

— Ne jugez pas trop vite favorablement les In-

diens, me dit-il; ici ils sont assez civilisés, étant en
rapport fréquent avec les Colombiens, mais plus

Fig. 14. — *Tashé*, ou manteau enroulé à la ceinture.

avant, dans l'intérieur ce ne sera peut-être plus tout
à fait la même chose.

Le Goajire est par nature très hospitalier; je n'af-
firmerai pas que son hospitalité soit absolument

désintéressée; loin de là, mais ce qu'il donne, il le donne de bon cœur, et choisit toujours ce qu'il a de mieux. De plus l'hôte, chez lui, est inviolable, il fait partie de la famille.

Le mouton est de suite tué et dépecé pour le déjeuner. Je suis curieux de goûter la cuisine Goajire, et je ne manque pas un détail de tous les préparatifs.

Je remarque en premier lieu qu'on lave la viande, puis, que le *pot au feu* y est connu, ou du moins quelque chose d'analogue. En effet, dans une marmite en terre faite par eux, *Ushi*, et pleine d'eau, on découpe de la viande par morceaux, et on y ajoute des bananes et du riz. C'est le vulgaire bouillon.

En même temps, dans une sorte d'écuelle en terre, *Jirala*, assez semblable à nos jattes qui, en France, servent à écrémer le lait, on fait frire d'autres morceaux de viande dans leur jus, avec de la graisse du mouton. Ce ragoût prend, à la cuisson, un aspect noir qui ne m'inspire pas.

Nous déjeunons assis sur nos hamacs : près de nous, on dépose notre couvert composé d'un petit plat rond en terre, *Poso*, c'est l'assiette Goajire, et d'une petite cuillère en forme de spatule, faite avec le fruit de la calebasse, *Posha*.

Le pot au feu de mouton n'est pas plus mauvais

que certaines soupes, quoique sentant un peu la

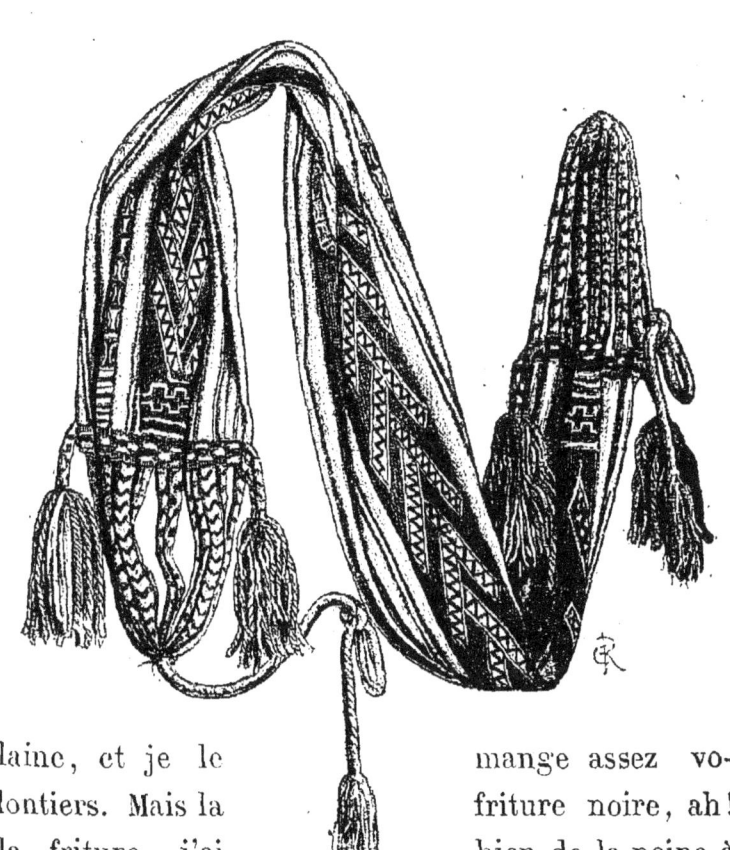

Fig. 15. — Ceinture d'homme tissée de plusieurs couleurs, ou *siira*.

laine, et je le mange assez volontiers. Mais la friture noire, ah! la friture, j'ai bien de la peine à l'avaler. Je dois faire des efforts inouis d'imagination, et me persuader par *sug-gestion* personnelle, que j'ai devant moi un véritable civet de lièvre. C'est bien la même couleur, pas le même goût, hélas!

Notre repas terminé, on nous apporte du lait dans
des demi-calebasses, *Ita,* puis, chose étrange, de
l'eau pour nous rincer la bouche. J'avoue que cette
coutume, dénonçant un raffinement de civilisation,
m'étonne : elle est pourtant bien établie et partout
où je vais, elle se renouvelle. Les Indiens la prati-
quent très rigoureusement.

La chaleur est tellement forte, que la digestion
aidant, je sens mes paupières s'appesantir et se fermer. Je fais une sieste de deux heures.

A mon réveil, cinq ou six Indiens de la famille
de Lakana, sont autour de moi; ils viennent me saluer, et immédiatement j'entends ce mot : « Ioï,
Ioï. » On vous demande du tabac, — me souffle
Antonio. J'en distribue, et j'examine ces hommes
attentivement. Trois sont presque entièrement nus,
ils n'ont qu'une petite bande d'étoffe de 12 à 15
centimètres au plus de largeur, *Icha,* passant entre
leurs jambes et retenue des deux côtés à la taille
par une ceinture, *Siira.* Dans cette ceinture ils posent leurs flèches, à droite. Les autres ont un grand
manteau ou robe-sac, de coton croisé écru, *Tashé,*
pareil à celui des femmes, mais qu'ils ne portent pas
de la même manière. Ils le relèvent jusqu'à hauteur
des genoux au moyen d'une ceinture plus large,
nommée aussi *Siira.* L'un d'eux, à cause de la cha-

leur, s'est dégagé entièrement le buste devant moi,

en roulant ce vête-
ment autour de sa
ceinture : un autre
s'est dégagé seule-
ment le bras droit et
une partie de la poi-
trine. Dans cette po-

Fig. 16. — Diadème en paille tressée.

sition, ce vêtement, retenu uniquement sur l'épaule
droite, figure assez bien le manteau romain. Aujourd'hui, et plus encore par la suite, je constate
que dans les divers plis, dans les divers ajustements
qu'ils lui donnent, les Indiens
portent ce costume avec élégance. Selon la façon de l'a-
juster sur soi, il est, paraît-il,
chaud ou frais. La nuit il leur
sert de couverture : ils n'ont pour
cela qu'à retirer leur Siira, il
leur tombe alors plus bas que
les pieds.

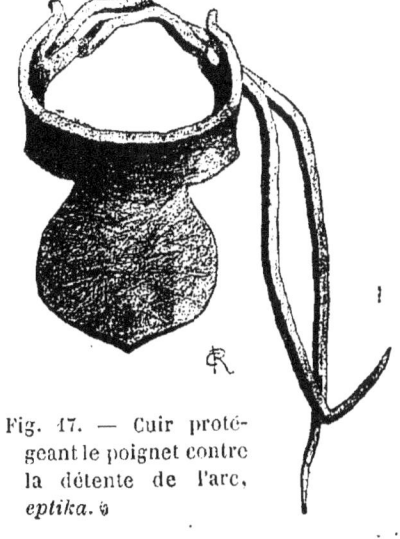

Fig. 17. — Cuir proté-
geant le poignet contre
la détente de l'arc,
eptika. 9

Ces cinq ou six Indiens sont
de beaux gars, bien ronds en
chair et sans barbe; sur leur
tête, deux ont une sorte de cou-
ronne, de diadème en paille dressée, *Korsu,* sur-

montée sur le devant d'une grande plume d'ara,
et au poignet gauche une espèce de bracelet en
cuir, *Eptika,* destiné à les protéger contre la détente de l'arc. Je prends en main leur arc, *Urraiche,*
fait de bois de gaïac; il est très dur à tendre et il
exige une très grande force et une très grande habitude. Les flèches longues de un mètre, sont toutes
en roseaux.

Il y en a de trois espèces différentes, ou plutôt
trois types principaux.

1° La *Paletilla* ou *Siguarai,* qui est armée d'un
fer de lance avec crochets à sa base en forme d'hameçons : le fer varie entre 8 et 12 centimètres de
longueur.

2° La flèche empoisonnée, *Imara,* dont le dard
est fait avec la queue affilée de la raie « la raya, »
et trempé dans un poison animal de leur composition.

3° La flèche pour tuer lapins et oiseaux, *até :* elle
possède à son extrémité un corps dur quelconque,
boule de cire, *Mepesa,* rondelle de bois, un clou,
parfois de vieux culots de cartouche.

Aucune de ces flèches n'est emplumée, et n'a de
coche pour la lancer : on l'appuie simplement, en
tirant, contre la corde de l'arc.

Si je me rends compte ainsi minutieusement de

leurs vêtements, de leur physionomie, de leurs armes, je vous assure que de leur
côté, ils ne restent pas inactifs.
Ils me dévisagent, m'épluchent
littéralement jusque dans les moindres objets. Mon fusil Winchester
surtout excite leur attention, ils
ont l'air absolument émerveillés du
mécanisme ; ma montre avec son
tictac les déconcerte complètement. Je vois qu'ils sont naïfs
comme des enfants, pour tout ce
qu'ils ne connaissent pas ; ils sont
doux, s'amusent d'un rien, et ont
le rire très franc. Je constate aussi
par exemple, qu'ils sont men-
diants ; à trois reprises différentes
ils sollicitent du tabac.

Je les fais tirer à l'arc, et à mon
tour je suis étonné de leur adresse,
ils tirent au jugé, sans viser. A
une cinquantaine de pas, ils atteignent presque à chaque coup le
but que j'ai placé.

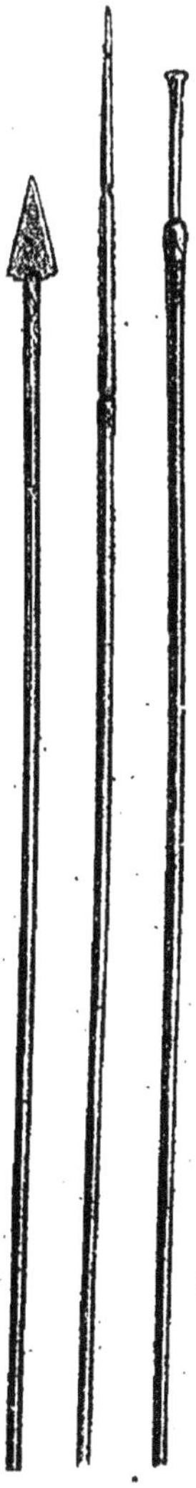

Pendant ce temps, 4 heures
ont sonné, nous nous remettons en route pour

Fig. 18. — Flèche à fer de lance, *siguarai*. — Flèche empoisonnée, *imara*.
Flèche pour chasse, *até*.

Fig. 19. — Arc goajire, urraïche.

« El Pajaro » (Yosuru) après avoir pris
congé de nos hôtes, devenus nos amis.
« *Auni taya* », je m'en vais; « *punata* »,
va-t-en, c'est notre échange de salut, la
formule de politesse Goajire pour le « au
revoir. »

Et nous voici de nouveau en chemin.

Je vous fais grâce des détails, le paysage
varie peu, et rien ne vaut la peine d'être
raconté. Il est nuit close, quand Antonio
me montre au loin « El Pajaro », dont on
distingue seulement à travers les ténèbres,
les grands feux flambants, allumés chaque
soir devant chaque rancho, suivant la coutume Goajire.

Quelle singulière impression, cette vue
me produisit! Quelles idées bizarres elle
éveilla en mon esprit! Il me semblait que
c'était tout un monde nouveau qui m'ap-
paraissait!

Bientôt, les chiens de la rancheria (village) ayant entendu les pas de nos mules,
signalèrent notre présence par leurs aboie-
ments. Quand nous arrivons, plusieurs
Indiens sont déjà sortis de leurs ranchos,
et je remarque, à la lueur des flammes,

que tous ont leur arc et flèches à la main. Ils sont
sur la défensive, dans la crainte toujours d'être attaqués à l'improviste.

Nous nous approchons. Ce n'est déjà plus la même
physionomie ni le même accueil. On voit qu'on s'é-
loigne de Rio-Hacha; il y a de la défiance, et on
lit très-clairement sur ces figures cette question :
« qu'est-ce que veulent ces gens-là! »

Antonio, qui est très connu et très aimé dans toute
la Péninsule, s'avance vers eux et se fait reconnaître.

Le bruit se répand en un clin d'œil qu'un Parain-
sishi est venu avec Antonio; tout le monde veut
le voir, et en moins de cinq minutes, j'ai une vingtaine d'Indiens, grands et petits à mes trousses.
Tous comme à Guarépo, cherchent à me dévisager,
dans la demi-obscurité où je me tiens. Ils me regardent jusque sous le nez. Et immédiatement j'entends la même parole « *Ioï, Ioï,* » tabac, tabac,
c'est une règle. C'est toujours la première chose
qu'on désire obtenir du civilisé, et cela dans quelque coin de la presqu'île que ce soit. Je m'exécute.

Fort heureusement que, comme le Duc Emile dans
« Tricoche et Cacolet », la spirituelle pièce du Pa-
lais-Royal, j'avais emporté non pas la forte somme,
mais la forte quantité de cigares.

Sans plus tarder, nous nous dirigeons vers la demeure de Kuta, le chef Indien à qui je suis recommandé par un de ses amis Rio-Hachère. Il est
prévenu de ma visite.

Même cérémonie ici qu'à Guarépo ; nous restons
devant la porte de son rancho, *pinche,* attendant
qu'il vienne nous souhaiter la bienvenue. Ses troupeaux, vaches, chèvres, moutons sont couchés aux
alentours, les uns ruminant, les autres dormant,
sous la garde des chiens. Autant que j'en puis juger,
tous les ranchos sont identiques de construction et
couverts de feuilles de palmiers.

Kuta ne nous fait pas languir; il s'avance vers
nous fièrement, gravement, et à pas comptés. A la
lumière de son feu de bivouac, je m'en fais un
portrait très net, il est grand, robuste, aux larges
épaules, vêtu de son manteau Indien, et comme tous,
les pieds nus.

Tout en échangeant le salut avec Antonio, il ne
me quitte pas des yeux, et m'adresse aussi quelques
mots que je ne comprends pas. Il est embarrassé,
comme gêné de ma présence. Mon guide lui expose
qui je suis, quel est le but de mon voyage, etc., et
il ajoute avec assez d'à-propos que je serai heureux
de devenir son ami.

Ce premier abord est glacial. Je ne puis m'em-

Fig. 20. — Portrait de Kuta.

pêcher d'en faire l'observation à mon guide. — Ne
vous étonnez pas, me répond-il, le Goajire est toujours ainsi, froid et peu démonstratif. Kuta est au
contraire très heureux de vous recevoir.

En effet il met un de ses ranchos à notre disposition, et on y suspend nos hamacs, tandis que de
jeunes Indiens s'occupent de dégarnir nos mules et
ânes, et de les conduire paître. On a soin, je vois,
d'attacher leurs deux pieds de devant avec des entraves, à la mode du pays, pour qu'ils ne puissent
se sauver.

Kuta vient s'asseoir auprès de nous, et entame
avec Antonio une longue conversation dont je dois
être le sujet; on prononce mon nom. Kuta, malgré
de nombreux efforts, ne peut parvenir à le répéter
sans l'écorcher avec un rare bonheur.

Il se familiarise peu à peu.

Puis deux Indiennes, la femme et la fille de Kuta
sans doute, nous apportent deux écuelles remplies
de fromage et d'épis de maïs cuits dans l'eau.

C'est notre souper.

La nuit m'empêche de les examiner : ce sera pour
demain.

Leur fromage, ressemble aux petits salés de nos
fermes, il est friable, blanc, grumeleux et de plus...
fort indigeste.

Nous mangeons ici avec les fourchettes du père Adam, et à moitié couchés dans nos hamacs : d'une main tenant un morceau de fromage, de l'autre un épi de maïs en guise de pain, et mordant à belles dents dans cet épi pour en arracher les graines cuites.

Nous soupons malgré cela de fort bon appétit.

A peine ce frugal repas terminé, pour entrer tout à fait dans les bonnes grâces de Kuta, je crus le moment favorable de lui offrir quelques cigares. J'en allumai un en sa compagnie.

Mon intention était tout d'abord de lui poser diverses questions par l'intermédiaire de mon guide, mais insensiblement la fatigue de cette première journée me fit succomber malgré moi au sommeil.

Il était grand jour quand je me réveillai : les femmes étaient en train de traire les vaches.

Les deux Indiennes de la veille, je crois les reconnaître, se dirigent aussitôt vers nous portant chacune une écuelle de lait chaud. Elles sont de taille moyenne, assez fortes toutes deux; l'une peut avoir dix-sept ou dix-huit ans, l'autre quarante ans, c'est la mère et la fille. Comme *Lakana,* elles ont une longue robe-sac, en étoffe blanche, avec des bracelets aux mains et aux pieds, et un collier de cornaline avec perles d'or au cou; les cheveux tombent un peu dans la figure. La jeune fille n'est pas laide, elle a de beaux yeux et une expression de douceur incomparable. C'est à moi qu'elle tend sa demi-calebasse, sans prononcer une parole, sans même me regarder, et se retire sur-le-champ.

Quelques instants après, une autre petite fillette de douze à treize ans vient nous apporter encore l'eau pour nous rincer la bouche. J'examine cette enfant, elle n'a pas de robe-manteau ; pour tout vêtement elle porte le carré d'étoffe en coton tissé par les Indiennes, *Suiché*, passant entre les jambes, et rattaché en avant et en arrière par une lourde ceinture de petites perles en verre, rouges et noires, *Sirapo*. Ces ceintures, dont quelques - unes vont jusqu'à peser de 8 à 10 livres, servent à leur cambrer les reins et à leur dessiner la taille ; elles ne la quit-

Fig. 21. — Fillette Goajire.

RIO-HACHA.

11

tent jamais. Quand elles sont plus jeunes, elles portent aussi des bretelles en perles de verre noires,
chapuna, destinées à soutenir le *sirapo*.

Puis, les deux premières viennent reprendre leurs
écuelles vides de lait, et s'éloignent de nouveau sans
faire un mouvement, sans que leur visage impas-
sible, trahisse la moindre sensation, la moindre pensée. Cette indifférence extérieure, cette existence mé-
canique, on pourrait dire, est le fait du rôle effacé
que jouent les femmes chez ces peuplades. Elles ne
sont que l'esclave, la bête de somme du ménage;
ce sont elles qui doivent faire tout le travail, toutes
les corvées, et subvenir à l'entretien de leur noble
époux.

Sur ces entrefaites, tous les animaux ayant quitté
la rancheria pour les herbages, Kuta se rapprocha
de nous, et voyant que nous nous disposions à continuer notre route, nous conseilla de différer d'un
jour notre départ, nous assurant qu'il allait certainement pleuvoir. J'acceptai.

Son amabilité me fit souvenir que j'étais en retard
avec lui, et que je ne lui avais pas encore fait les
petits cadeaux traditionnels.

Entr'autres menues choses que je lui donnai, la
vue de deux bouteilles de rhum, lui fut particulièrement sensible, le fit agréablement sourire. Le

rhum est pour les Goajires, le bonheur suprême, ils aiment ses ivresses ; et autant à jeun, ils sont calmes, froids, sobres de gestes, autant après avoir bu, ils sont en général tout le contraire, parleurs exubérants. J'en eus bientôt un exemple.

Kuta qui jusque-là, avait été à mon égard d'une réserve assez voisine d'une hostile méfiance, devint d'une tendresse et d'une surabondance de démonstrations d'amitié assommantes, dès que les fumées de l'alcool lui eurent un peu échauffé le cerveau. Il se mit à chanter, à me serrer dans ses bras, m'obligea même à m'asseoir sur ses genoux, et ne cessait de m'appeler son ami. Pour me soustraire à ses expansions trop généreuses, je dus prendre le prétexte d'aller avec Antonio visiter les alentours, et surtout les grandes lagunes voisines de ces rancherias.

J'insiste beaucoup sur ces premières réceptions pour bien indiquer de suite dès le début, le caractère, la physionomie de cette race, dans ses coutumes, dans ses mœurs. Je n'y reviendrai plus dans le cours de ce récit, à moins de cas tout à fait exceptionnels, et dignes d'intérêt pour le lecteur.

Ces lagunes sont de véritables cuvettes, de vrais réservoirs pour les eaux du ciel, et s'expliquent facilement par la conformation du sol environnant. Le terrain est entièrement plat. Cependant à des inter-

valles de distance, variant entre 1 et 2 kilomètres, il
est sillonné d'ondulations, de petits coteaux. On ne
peut mieux le comparer qu'à une étoffe étendue qui
goderait en certain endroits. Les eaux du ciel ont
donc une pente toute indiquée, avec un réceptacle
naturel, à fond argileux, pour les conserver.

Un jour de chasse, dans ces lagunes, il m'arriva
un bon tour que je conterai plus loin.

En rentrant vers midi chez Kuta, et à 500 mètres
au plus de son rancho, j'eus l'occasion de tuer un
jeune serpent à sonnette de 1 mètre environ de longueur. C'est mon guide qui me le montra, j'étais
passé à côté de lui sans le voir. Il était enroulé sur
lui-même, aux pieds d'une forte touffe d'herbe, seule
sa tête sortait du milieu du rond qu'il formait. Ce
n'est du reste pas chose facile que de les distinguer,
il faut un œil assez exercé, la couleur de leur peau
se confondant si souvent avec celle de la terre.

A peine rentrés, le temps s'était obscurci, et selon
la prédiction de Kuta, un orage formidable mena-
çait. Vers une heure de l'après-midi, il éclata; nous
étions alors en la saison des pluies. Ce fut un vrai
déluge, accompagné d'éclairs et de violents coups
de tonnerre, un peu sur tous les points à la fois. Les
Indiens de la rancheria, effrayés, se mirent, selon
l'usage Goajire, à brûler de la laine de mouton et

Fig. 22. — Lagunes de Yosuru.

des cornes de bœufs, pour calmer la tempête. Ils croient fermement, par ce moyen, la conjurer.

Vers 3 heures, elle se calma. L'eau entrait dans mon rancho ouvert à tous vents, *Guanetou :* celui de Kuta, n'avait pas une goutte à l'intérieur, grâce à la précaution d'établir une rigole autour de l'habitation, et de remblayer les parois avec du sable. Le sol est du reste très sablonneux; en cinq minutes, toute l'averse est absorbée.

Le soir arriva. Nous vîmes les troupeaux de Kuta rentrer à leur domicile, ramenés par des Indiens vachers. Les chevaux et les mules furent renfermés dans leur enclos, *Kurura,* dont nous avons déjà parlé à *Guarepo;* les bœufs et les vaches se couchèrent à leur place habituelle aux environs du rancho.

Aussitôt, tout le monde se mit au travail. Les jeunes filles commencèrent à traire le lait, tandis que la mère écrasait, entre deux pierres, du maïs détrempé pour la bouillie du soir, *Uoro.*

En même temps, de jeunes garçons de sept ou huit ans, entièrement nus, apportaient des brassées de bois mort, pour le grand feu de la nuit.

Ce tableau me rappela involontairement les vieux villages de notre belle France, où les troupeaux rentrent ainsi à la ferme, au coucher du soleil, le va-et-vient des domestiques sous l'œil de la fer-

mière, et l'âtre pétillant de la belle flambée du soir.
Évidemment, ces gens-là aux mœurs si simples,
devaient être heureux !

Le grand feu s'alluma, et instinctivement attiré
par la flamme qui toujours égaye, je vins m'asseoir
auprès, sur un petit banc, *Turu*, fait d'un seul morceau de bois tendre, *Parsua*. La femme de Kuta y
avait posé sa grande marmite de bouillie de maïs,
en surveillait la cuisson, et la remuait avec un long
bâton plat, imitant un long coupe-papier. La jeune
Indienne de dix-huit ans, vint rejoindre sa mère
sans trop s'inquiéter de ma présence, et pour la première fois, j'entendis leurs voix et leurs bavardages.

Pendant leur conversation, deux choses surtout me
frappèrent. Ne comprenant pas à cette époque, un
traître mot de leur langage, je cherchais vainement
à saisir sur leurs physionomies, une expression quelconque qui me mît sur la voie de leur entretien.
Malgré toute mon attention et mes efforts, je ne pus
rien démêler de ce flot de paroles; leur figure res-
tait impénétrable, fermée. Pas la moindre contrac-
tion physique, pas la moindre manifestation morale.
La seconde remarque que je fis, c'est que la fille et
la mère, tout en causant, ne se regardaient jamais.
C'est du reste une habitude chez tous les Indiens con-

Fig. 23. — Groupe d'Indiens.

versant entre eux. Seraient-ils face à face, ils tourneraient les yeux de côté.

Pour souper, on nous servit cette bouillie que j'avais vu cuire. Mais par égard pour nous, ils y avaient ajouté du lait et de la *panéla*, sorte de cassonade en tablettes faite en Colombie avec le jus de la canne à sucre. Ils la transformaient ainsi en ce qu'ils appellent *Eïrajushi*, ou bouillie au lait. Ce mets nouveau me parut exquis : on nous servit aussi des grains de maïs grillé.

Puis, tout rentra dans le silence. Chacun s'étendit dans son hamac, tandis que de jeunes garçons Indiens vinrent se coucher près du feu pour y passer la nuit, disputant la place aux chiens.

Avant de m'endormir, je voulus connaître la raison de cette coutume chez les Goajires, d'allumer ainsi de grands feux chaque soir devant les ranchos. Kuta me répondit que c'était pour éloigner leurs ennemis morts, *Iorua*. Ils croient que ceux-ci reviennent la nuit sur terre, armés d'un couteau et d'un fusil : ils ont peur d'être tués par eux pendant leur sommeil. Avec ces feux, point de danger. Comme nous le verrons par la suite, les Goajires sont superstitieux au delà de toute idée.

Je lui demandai aussi leur manière d'allumer le feu. Ils en ont deux : la première avec le briquet, *ejeso,* absolument comme le faisaient autrefois nos bons paysans français ; la seconde, la seule intéressante, à la façon des sauvages.

Ils commencent par frotter ensemble deux petits morceaux de bois bien secs, et d'essence tendre autant que possible. Puis, quand apparaît la première étincelle, ils posent sur ce feu naissant, en soufflant avec beaucoup de précaution, soit une espèce de chiffon amadou composé par eux appelé *Kururata,* soit des crottes d'ânes, aussi bien sèches, *Purikucha,* qu'ils émiettent dans leurs mains. Au bout de quelques minutes, le foyer est assez fort pour supporter des feuilles et des petites bûches, qui bientôt donnent une grande flamme.

Je remerciai Kuta de ses explications.

Il me promit de me mettre au courant de tous les usages, coutumes et lois Goajires, si je voulais rester seulement six mois avec lui. Il m'offrit aussi de me servir de guide pour tous les endroits que je voudrais visiter. Je le remerciai, et lui promis qu'à mon retour, je viendrais avec grand plaisir m'installer près de lui, heureux de l'avoir pour compagnon.

Et le lendemain de grand matin, nous lui dîmes au revoir avec force protestation d'amitié, pour continuer notre route vers le nord de la Péninsule.

CHAPITRE VI.

MANAURÉ. — LE TABAC QUI PARLE. — TUCURACA. —
BAHIA-HONDA. — MACUIRA. — RETOUR AU PAJARO.

Je m'arrêtai, après avoir passé la pointe de Chuchupa, quelques instants seulement à Marquesina
(Murujure), où de grands tourbillons de sable, pro-
voqués par des vents contraires sans doute qui s'y
croisent, dessèchent tout et vous aveuglent. Il n'y a
là d'ailleurs que quelques rares Indiens, vivant en
général du produit de leur pêche, et de la cueillette
du Dividivi, quand le moment en est venu.

Nous rencontrons ensuite sur notre route, l'embouchure du Rio San Juan, aux eaux saumâtres, puis
successivement, les deux rancherias de Bolombolo et
Manauré (Purpouilpa) et (Acuoro).

De la première, je ne dirai rien, sinon que la
réverbération de quelques salines contiguës à la
plage, en rendent la chaleur suffocante, et que les
Goajires de cet endroit sont obligés souvent, à cer-

taines époques, d'aller jusqu'au « Pajaro », chercher l'eau potable dont ils ont besoin.

A Manauré où nous arrivons vers le soir, je fus présenté par mon ami Antonio, au chef de ce village, *Boca-Burro*, autrefois riche Indien de la caste des Ipuanas, aujourd'hui ruiné. Son nom lui a été donné par les Rio-Hachères, à cause de sa bouche aux lèvres sortantes, et rappelant assez celles de l'âne. *Boca-Burro* signifie en effet bouche d'âne. Il nous accueillit très bien, et nous obligea à accepter son hospitalité. Je venais d'ailleurs au nom de Kuta, et avec son appui.

Nous fûmes même témoins d'une petite cérémonie qui me prouva une fois de plus, jusqu'à quel point ces sauvages poussent la superstition.

Boca-Burro avait rêvé, paraît-il, la nuit auparavant, qu'un Indien Epinayue, nommé *Chéché*, devenu plus tard pour moi un sûr et excellent ami, avait résolu de l'attaquer pour une ancienne querelle. Or, comme les Indiens croient fermement, que les rêves sont l'annonce des événements qui doivent leur arriver dans la vie, il voulait à cet effet *consulter le Tabac*, toujours suivant l'usage Goajire, et savoir si réellement il avait quelque chose à craindre.

Cette petite opération consiste en ceci :

L'Indien consultant, se met une chique de tabac

dans la bouche, ce qu'on appelle *Manilla* à Rio-
Hacha, puis fait incendier par un de ses enfants ou
serviteurs, un bâton de la grandeur d'une canne, à
l'une de ses extrémités. Quand on le lui donne, il
examine la façon dont il brûle, en soufflant à diverses reprises sur la partie enflammée, le jus de sa
chique. Trois fois de suite on enflamme ce bâton, et
trois fois de suite aussi, l'Indien renouvelle la même
opération. Selon la plus ou moins grande vivacité du
feu, selon sa plus ou moins grande force, c'est le
bonheur ou le malheur qu'il annonce.

Le Goajire a une foi robuste dans cet oracle incons-
cient, et il attend sa décision avec une gravité, un
sérieux extraordinaires. Les pythonisses antiques ne
devaient pas accomplir leur mission avec plus de
conviction.

Les nouvelles furent bonnes probablement, car
Boca-Burro me parut dès lors de meilleure humeur;
il était même presque gai.

Les autres rancherias jusqu'au Cap de la Vela, Ija,
Tucuracas, Ahullamas, El Cardon, Garrisal, ou en
goajire, *Alamarka*, *Nchoua*, *Guarirajao*, *Atomui*,
sont à peu de chose près les mêmes et pour ne pas
tomber dans des redites, j'abrège forcément cette
partie du voyage. Cependant, plus nous nous éloi-
gnons de Rio-Hacha, plus les accueils sont froids, et

plus aussi certains Indiens se montrent exigeants. Il
faut absolument payer sa bienvenue par du tabac et
par quelques menus cadeaux, aux chefs. Fort heureusement Antonio a de bonnes relations dans tous
ces villages, et nous ne sommes pas inquiétés. Mais
il ne me cache pas qu'à partir du Cap, la route sera
plus difficile encore. Devant Cardon et Garrisal, je
rencontre deux pics isolés sans importance, leur
hauteur ne s'élève guère qu'à 120 mètres. Et à *Alamarka,* on me raconte un fait récent, bien caractéristique et bien typique de la race. L'Indien est très
vindicatif, et la vengeance chez lui est non seulement une loi, mais un vrai bonheur, une véritable
jouissance, on voudrait croire. En voici un exemple.

Un Indien de l'intérieur, en avait tué un autre d'A-
lamarka. Ce dernier laissait un enfant encore à la
mamelle, un garçon de dix à douze mois. Selon la
coutume goajire, dès que le petit fut en âge de comprendre, on lui apprit le nom de l'assassin de son
père, en l'excitant plus tard à le venger. C'est la
première éducation chez ces sauvages.

Quand l'enfant eut quinze ans, élevé dans ces sentiments de haine, il apprit un jour par hasard, que
son ennemi se trouvait dans son village. Il se le fit
indiquer, et au moment où celui-ci s'y attendait le
moins, il le perçait de plusieurs flèches empoison-

nées. Son crime accompli, il en était fier et joyeux.

Fig. 24. — Mon premier jaguar.

Arrivés près du cap de la Véla (Epira) outre le pic qui se dresse à sa pointe, nous voyons les monts du Carpintero qui ne dépassent pas 230 mètres de hauteur.

Là, dans une rancheria que nous traversons, le chef, ami d'Antonio, nous engage à ne pas aller au delà.

Une querelle a éclaté dernièrement, dit-il, aux environs, entre un Indien et un Rio-Hachère, le premier a été blessé, et selon la loi goajire : *Le Civilisé l'a fait, le Civilisé le paiera,* nous pourrions être responsables de la faute d'un autre, être dépouillés de nos animaux et pris peut-être pour ôtages.

Nous nous consultons, mon guide et moi, et nous décidons séance tenante de demander la protection de ce chef, le priant de nous accompagner d'étape en étape, jusqu'à *Chemenao* où le riche et puissant Indien, José Agustin se mettrait certainement à notre disposition. Avec lui, nous pouvions voyager en toute sécurité.

Le plan ainsi arrêté, et le chef ayant accepté de venir avec nous, nous nous remettons en marche.

Nous passons près du « Portete », puis nous apercevons la rangée de falaises qui, à partir de ce dernier port, longe la mer jusqu'à Bahia-Honda. Leur hauteur peut être de 50 à 60 mètres.

Et sans aucun incident digne d'être rapporté, nous arrivons à Bahia-Honda, puis nous nous dirigeons à travers les monts Parasé, vers Chéménao.

Nous y recevons du chef, José Agustin le plus aimable accueil, c'est l'ami des étrangers.

Deux jours après nous étions dans les monts Ma-
ciura dont nous avons parlé déjà.

C'est dans ces montagnes que quelque temps après
mon arrivée, je fis pour la première fois connaissance avec le petit jaguar ou chat-tigre.

J'étais allé chasser en compagnie d'un Indien, avec
l'espoir de tuer, soit des pécaris, des hoccos d'Al-
bert, des dindes sauvages ou de jeunes cerfs Cariacou.

Je grimpai un petit mont assez boisé, quand en
passant dans un fourré près d'un arbre, une bête en
saute tout à coup à trois pas devant moi. Surpris de
cette chute inattendue, instinctivement j'arme mon
fusil en me baissant. C'était un chat-tigre qui, couché
sans doute sur une branche, et guettant quelque
proie, s'était enfui à notre approche, au bruit que
nous faisions. A quinze pas environ, il s'arrête, et se
retourne pour regarder derrière lui : en ce moment,
il se présentait juste en travers du côté droit, et le
bois s'était éclairci. C'était l'occasion ou jamais de
le tirer : je l'ajustai vers l'épaule en pleine poitrine :
il tomba en poussant un court rugissement. Il voulut se relever, faire un bond, mais il retomba de
nouveau en allongeant les pattes, en se raidissant, il
était mort. J'allai le ramasser : il mesurait 1 mètre 40
du museau à l'extrémité de la queue. La balle avait

pénétré en pleins poumons effleurant le cœur : la
mort. avait été presque instantanée.

J'ajouterai que c'est aussi dans ces montagnes,
qu'on trouve deux arbres, dont les feuilles ou les
branches servent aux Indiens à des titres différents.

Le premier, *Parisa,* produit cette poudre rouge du
même nom, sorte de carmin tant estimée chez eux,
qu'ils emploient mélangée avec de l'huile, pour se
peindre le nez et les joues, et se préserver ainsi des
trop ardents rayons du soleil. Les civilisés la recher-
chent également, pour la dentition de leurs jeunes
bébés ; ils en frottent leurs gencives, pour en calmer l'irritation.

Les Goajires lui attribuent même une vertu assez
drôle, dont il faut que je dise deux mots :

Quand on veut savoir dans une rancheria, quelles
sont les jeunes Indiennes vierges et celles qui ne le
sont plus, on les réunit et on les enferme sous la
direction d'une maitresse, d'une matrone, pour la
fabrication de la « Parisa ».

Chacune, paraît-il, se trahira par son travail, ou
plutôt la « Parisa » dénoncera la ou les coupables du
péché d'amour ; voici comment. Quand la pâte est
faite, chaque Indienne en forme selon l'usage, de petits cônes de la grandeur d'une grosse fraise. La base
de ces cônes, en dessous, est entièrement lisse comme

tout le reste, sans aucun dessin. On les place au soleil pour les durcir; si en se séchant, leur base reste
absolument lisse et intacte, c'est que l'ouvrière est
encore innocente; si au contraire, elle ne l'est plus,
la base présentera un creux qui ne laisse aucun
doute.

Le second arbre, *Bija*, est un arbre fort résineux,
d'une odeur extraordinairement pénétrante : Un
morceau gros seulement comme la main, dans une
chambre bien close, suffit pour y laisser un parfum
des plus tenaces. En le brûlant, il sert d'agréable dé-
sinfectant. Quand ils ont un rhume, les Indiens en
font une décoction, avec laquelle ils se lavent.

Nous mîmes huit jours pour revenir à Bahia-Honda.
Là m'attendait une pirogue avec laquelle je voulais,
en suivant les côtes ouest, rentrer par mer à Yosuru.
Elle était montée par trois rameurs Rio-Hachères.

Ce voyage de retour fût vivement accidenté, et
faillit me coûter la vie.

Jusqu'au cap de la Vela, tout alla bien : la mer
avait été calme, et rien ne pouvait faire présager ce
qui devait nous arriver.

La journée était chaude, nous décidons de partir
un peu avant la nuit, pour éviter un soleil trop brûlant.

Nous voici donc embarqués : le vent soufflant du

Nord-Est nous est très favorable ; en quelques heures
nous devons être à Garrizal. Lorsque tout à coup le
vent fraîchit, devient violent même ; nous manquons
de chavirer, fort heureusement notre voile se dé-
chire. Nous ne sommes pas à plus de 300 à 400 mètres du rivage, mais la mer est très grosse maintenant et l'obscurité est devenue très grande, c'est la
nuit : il nous est impossible de nous orienter, de
nous reconnaître. Des courants doivent même nous
porter au large, car les marins ont saisi leurs rames
et malgré tous leurs efforts ne peuvent se rapprocher
des côtes ; peut-être même dans ce premier désarroi,
ont-ils manqué de sang-froid et s'en sont-ils éloignés.
Notre pirogue commence à faire des bonds inquié-
tants : nous sommes lancés avec force au sommet de
vagues énormes, puis nous retombons dans le vide,
dans le gouffre qu'elles ont creusé. Et en même temps
des paquets de mer entrent dans notre canot, et me-
nacent de l'engloutir ! Avec mon casque, j'ai toutes
les peines du monde à retirer l'eau assez vite. La situation devient critique. A chaque instant aussi, j'ai
peur qu'une lame en se brisant, ne vienne ouvrir en
deux notre petite barque. Tout a disparu autour de
nous, nous sommes dans l'immensité d'eau, sans secours possible, à la merci des flots.

Nous sommes perdus, j'en ai l'absolue conviction.

Pendant des heures et des heures, nous sommes le jouet de la tempête, luttant malgré tout et défendant notre vie avec courage, lorsqu'au moment où tous nous avions perdu l'espoir, nous ressentons une violente secousse! Nous pensons que c'est la fin, cette fois... non c'est le salut.

Nous venions d'être jetés à la côte.

Il était 2 heures du matin. Nous avions été perdus pendant plus de huit heures.

Deux jours après, je rentrai à Yosuru.

CHAPITRE VII.

RETOUR A YOSURU. — VISITE A CAUSORCHON. — SAM-
VITA ET GERMAN. — LA DANSE CHICHAMAYA. — LA
CHICHA. — LEURS PIACHÉS. — MARIAGE. — PERDU
DANS UNE LAGUNE.

Kuta parut enchanté de mon retour. Comme il
avait été convenu, je m'installai chez lui, en attendant qu'on achevât mon propre rancho. Je le priai
de me le faire construire au plus tôt, près du sien.
Mon intention était de passer sur ce point central, six
mois ou un an, pour connaître à fond autant que
possible, l'ethnographie de cette race encore presque inconnue, ce qui était le but principal de mon
voyage.

Au bout de huit jours, mon rancho fut fini. Avant
d'y élire domicile, je voulus faire quelques excursions vers le centre, dans la direction de l'Est, à
Jamaicamana, Amurcor, Chororsiru, etc., toutes rancherias se ressemblant, et où je ne trouvai rien à no-

ter. Partout le même type indien, partout les mêmes
huttes en palmiers, et les mêmes costumes. A Chororsiru cependant, je ne puis passer sous silence la
rencontre que je fis, d'une jeune fille indienne de
quinze à seize ans, d'une réelle beauté. Grande,
svelte, élégante, avec de grands yeux à la Japonaise,
le teint presque blanc, de grands yeux noirs, une
bouche adorable, ornée de magnifiques dents d'une
blancheur éclatante, ce fut pour moi comme une apparition! Métisse assurément d'Européen et d'Indienne, elle avait, outre la démarche fière de sa race,
cette douceur d'expression commune à nos femmes
d'Europe, et le regard velouté, langoureux de l'Espagnole, sous ces longs cils. Dieu! la belle enfant et
quel corps aux contours gracieux et fermes! Dans
tous les pays du monde, avec un peu d'éducation,
cette femme eût par son port si noble, passé pour
une grande dame, comme par sa beauté, elle eût été
partout remarquée! Je voulus la photographier, mais
je ne pus jamais y parvenir : malgré mon insistance,
mes prières même, elle s'y refusa constamment. A
trois reprises différentes, je me rendis dans sa rancheria espérant arriver à la convaincre ou tout au
moins à la surprendre, je n'eus pas la chance de
réussir. Ce fut presque un regret.

Le bruit de la présence d'un étranger dans la con-

Fig. 25. — *Rancho*, habitation des Indiens Goajires.

trée, s'était vite répandu, et plusieurs Indiens riches,
avaient manifesté le désir de me voir. De ce nombre,
étaient l'Indienne Samvita et son fils German, de
Causorchon, qui comptent parmi les plus puissants
et les plus respectés.

Samvita possède une des deux ou trois grandes
poupées en or, *Guara,* qu'il y a dans la Goajire.

La Guara est un fétiche qui a une très grande valeur chez les Goajires. Ceux qui les possèdent, sont
considérés comme les plus puissants et les plus riches, vous allez facilement en comprendre la raison.

D'après une légende, entretenue naturellement
avec beaucoup de soin par leurs heureux propriétaires, la Guara porte bonheur à ceux qui peuvent la
voir. Mais, dit aussi la légende, pour être admis à la
contempler, il faut payer une offrande, une génisse
pour le moins; sans quoi on s'exposerait à perdre la
vue.

Vous voyez de suite ce qui en résulte. Les Indiens
très superstitieux par nature et par éducation, bien
convaincus que la vue de ce fétiche va leur ramener
la chance, s'ils sont dans la guigne, s'empressent
bien vite de donner l'offrande qu'on leur réclame.
Et l'heureux propriétaire s'enrichit de tous ces présents.

Aussi, pour ces motifs, a-t-elle été souvent l'ar-

bitre suprême de la paix ou de la guerre entre deux
tribus. Un chef la possédant et la remettant au chef
ennemi, faisait cesser immédiatement toute espèce
d'hostilité.

Cette Guara est précieusement enfermée dans une
caisse enveloppée de ouate, et on ne la sort qu'une
fois par an, pour la baigner. Ce jour-là est un jour
de fête, et les assistants doivent tuer des bœufs en
son honneur.

On ne connaît pas l'origine de ces *Guaras*. Les
Goajires les ont depuis un temps immémorial et elles
se perpétuent de père en fils.

Il y en a deux très connues, celle de Samvita dont
il est question ci-dessus, et celle du cacique Jaïpara
de Ischamana.

Il y en a d'autres plus petites, *Keirésia*, qui sont
en la possession de divers Indiens; je ne saurais les
désigner. Elles n'ont pas à beaucoup près, la même
importance.

Sachant que cette relation avec Samvita pouvait
m'être sinon précieuse, du moins très utile, je partis
pour sa rancheria un soir de décembre, accompagné
de mes amis Kuta et Antonio.

Je me rappelle encore dans quelles conditions pénibles j'effectuai ce trajet, et pourtant nous étions
montés sur de bonnes mules. Peut-être Kuta se

trompa-t-il de chemin, toujours est-il qu'il nous fit
passer dans d'étroits sentiers au milieu de bois d'arbres épineux pour la plupart, qui nous balafraient
la figure d'égratignures. Tantôt c'était une branche
au-dessus de nos têtes qui nous obligeait à nous
baisser, tantôt c'était une autre à droite ou à gauche

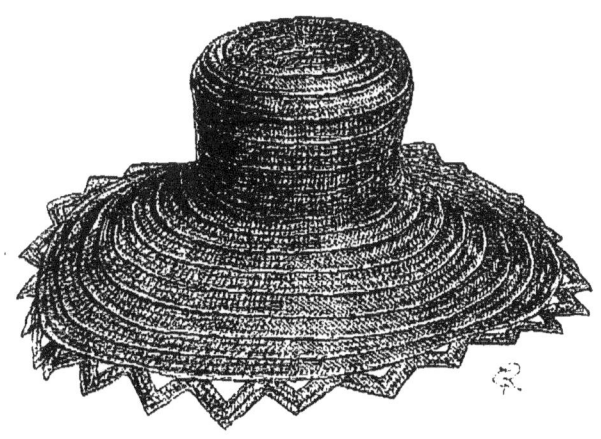

Fig. 26. — Chapeau de femme, ou *huomo*.

qui traversait le chemin, et forçait à nous pencher.
Un peu plus loin, une assez grande lagune se présente
tout à coup devant nous ; il y avait peu d'eau, et
pour ne pas faire un long détour nous nous décidons
à la traverser. Mais à peine, nos mules avaient elles
mis les pieds dans ces marais, que nous sommes en-
veloppés d'une nuée de moucherons imperceptibles,
qui m'entrent dans les yeux, dans le nez, dans les
oreilles. Mon mouchoir agité en tous sens ne suffit

pas pour les écarter. N'ayant qu'une main libre, l'autre tenant naturellement les rênes de ma monture, je me vois réduit à mettre des boulettes de papier dans mes oreilles, et à m'appliquer le mouchoir sur le nez et les yeux. Je laissai ma bête me conduire seule. Enfin, après quelque temps de cet autre genre d'exercice, qui me parut un siècle, nous débouchons dans une savane ou pâturage bien découvert, où nous pouvons respirer à l'aise.

En ce moment, il nous semble entendre au loin, des roulements de tambours. Plus nous approchons, et plus le son devient distinct. « On danse là-bas, me dit mon guide, vous avez de la chance. »

Nous apercevons bientôt les feux des ranchos, et vers 8 heures, nous arrivons en effet en pleine fête. J'en demandai le motif, on me l'expliqua en deux mots.

Depuis quelques mois, une maladie dont on ne soupçonnait pas l'origine, et que dans tous les cas, on n'avait pu combattre, s'était abattue à Causorchon, sur les chevaux, mules, bœufs et vaches, principalement sur les premiers. Ces animaux mouraient sans souffrance apparente, et sans qu'on pût leur porter remède.

Toujours poussés par les mêmes idées superstitieuses, ces Indiens étaient persuadés qu'un mauvais

esprit, Yoruja, hantait leur rancheria. Ils résolurent
donc de donner de grands bals, une fête en un mot,

Fig. 27. — *Scheí*, ou manteau d'Indien riche.

pour éloigner ce diable, et de faire en même temps
exorciser les ranchos et leurs chevaux par leurs
Piachés ou médecins.

Ces bals durent quelquefois une ou deux semaines

entières; on y vient de tous les villages voisins, et le
dernier jour est le plus important. Pour la clôture,
les riches Indiens revêtent leurs plus beaux costumes,
mettent leurs plus belles ceintures, leurs plus beaux
colliers.

La robe ou manteau, *Shei*, est fait par leurs femmes
ou filles, de coton ou de laine tissée avec de jolis dessins relevés de plusieurs couleurs où le rouge do-
mine. Leur ceinture *Si-ira*, est faite de la même étoffe
tissée, et sert à attacher leur robe-manteau à la taille.
Sur la tête, ils posent leur plus jolie couronne, faite
soit en griffes de tigres, *Kiara,* soit en paille tressée,
Korsu, soit aussi en la même étoffe tissée que la robe,
Kapanasa. A leur cou, pendent leurs plus jolis colliers de *Tumas,* de perles d'or ou de corail.

La fête en était précisément à Causorchon, à son
dernier jour, et devait se terminer le lendemain, au
soleil levant. Selon l'usage, German et son beau-
frère Federico, avaient mis leurs plus beaux manteaux. Tous deux grands, forts, les jambes à partir
du genou et les pieds nus, me parurent superbes
dans leur allure et plus fiers que jamais, quand ils
vinrent me saluer. C'est d'un pas vraiment majestueux, qu'ils s'avancèrent vers moi.

J'avais eu soin pour recevoir de Samvita et de son
fils German, un excellent accueil, de me munir des

petits cadeaux indispensables. Plus un Indien est riche, plus il faut lui donner ; c'est une attestation que vous lui faites de son prestige, de son autorité,

Fig. 28. — *Tairiana*, collier de perles, dites *tumas*.

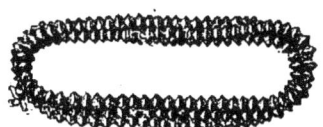

Fig. 29. — *Tairiana*, collier de perles de coco.

et il en est très flatté! J'avais donc apporté pour Samvita un grand sac de maïs et des platanes, qu'on m'avait envoyés l'avant-veille de Rio-Hacha, et pour German, j'avais du rhum, des cigares et une couverture de laine rouge. Ces divers objets produisirent le bon résultat que j'en attendais. On me traita avec beaucoup d'égards, et comme toujours on mit un rancho et des hamacs à ma disposition. Ici, comme

à Yosuru, le rhum eut le plus grand succès. German
et son beau-frère Federico ne tardèrent pas à lui
faire honneur; les six bouteilles environ données, se
vidèrent en un clin d'œil.

Au souper, je retrouvai la fameuse bouillie de maïs
au lait et à la panéla, *Eirajushi,* qu'on m'avait offerte
à mon arrivée chez Kuta, et je renouvelai des plus
volontiers connaissance avec elle. Immédiatement
après, je me dirigeai vers l'endroit où l'on dansait.

Quand je fus à cent pas environ, je m'arrêtai pour
en mieux juger l'ensemble, pour me rendre bien
compte du tableau. Une lune brillante dans un ciel
bien pur, éclairait et animait cette scène, et lui don-
nait un relief extraordinaire. Il y avait quelque chose
de poétique et d'étrange à la fois dans ce bal cham-
pêtre, au milieu de cette campagne muette et déserte, au son unique et monotone du tambour. Pas
le moindre chalumeau, pas le moindre autre instrument. Et tout ce monde-là se divertissait beaucoup,
était heureux.

Je m'approchai. Il y avait au moins cent Indiens
ou Indiennes réunis, jeunes pour la plupart, les uns
debout, les autres assis sur le sol, et faisant le cercle
autour de trois groupes de danseurs.

Ma présence provoqua un moment de curiosité.
On vint me voir jusque sous le nez, et comme tou-

jours aussi, je dus payer ma bienvenue, en distribuant
un nombre respectable de petits cigares. L'un des
Indiens fut assez aimable, je dois le reconnaître, pour
m'offrir un banc : j'étais on ne peut mieux placé
pour ne pas perdre un détail.

A tort ou à raison, ceci est une question d'impression, rien ne me parût plus gracieux que ces jeunes
Goajires des deux sexes dans leurs évolutions, dans
leurs mouvements. Leur danse, la *Chichamaya*, n'a
rien en elle-même de bien compliqué. Le seul reproche
qu'on pourrait lui faire, serait au contraire d'être
trop simple. Mais la façon dont ils l'exécutent, est des
plus attrayantes, et je répète le mot à dessein, des plus
gracieuses. En voici sommairement la description.

Un rond est tracé sur le sable, comme un petit
manège. Il est bien égalisé et nettoyé de toutes ses
pierres, pour ne pas blesser les danseurs qui ont
l'habitude de marcher pieds nus. C'est une sorte de
piste en un mot, dont on ne doit pas sortir.

L'Indienne entre la première dans ce rond, et relevant sa robe de chaque côté, à la mode de nos
grand'mères et arrière-grand'mères dansant le me-
nuet, elle fait plusieurs fois le tour de cette petite
arène, en tournoyant aussi plusieurs fois sur elle-
même, légère comme une sylphide.

Après ce petit prélude, l'Indien se présente aussi

dans le cercle, et son rôle à lui, consiste à éviter la
femme qui va le poursuivre et chercher par tous les
moyens à le renverser. Tout le talent consiste donc,
pour la femme, en glissant sur le sol à pas précipités,
à approcher l'homme du plus près qu'elle peut, de
manière à lui marcher sur le bas des jambes et lui
faire perdre l'équilibre. L'homme, au contraire, doit,
en sautant vivement à reculons, éviter par des feintes
heureuses et par d'habiles crochets de droite ou de
gauche, les vives poursuites de sa compagne. Ce jeu,
quand les deux adversaires sont également adroits
et agiles, peut durer un certain temps. Et il n'est
pas rare de voir la femme se retirer de la lutte, fatiguée et hors d'haleine, sans pouvoir continuer. En
revanche, quand elle est parvenue à *tomber* son par-
tenaire, ce sont des rires et de grands cris de joie
parmi les assistants.

Cette danse a un tel attrait pour ces Indiens, que
malgré la monotonie de la musique, ils ne sentent
pas le besoin de sommeil. Le lendemain matin les
trouve encore à leur plaisir favori.

Sans partager cet enthousiasme excessif, je déclare
bien franchement que je restai volontiers avec eux
jusqu'à une heure assez avancée. Les nuits d'ailleurs
sont si belles et si délicieuses! Je vous assure que je
ne songeai pas une minute à m'ennuyer. La grâce

des jeunes Indiennes m'avait positivement charmé.

Je revins cependant vers mon hamac, enchanté de
ma soirée et j'allais m'y allonger, quand j'entendis
dans un rancho voisin, un bruit que je pris pour
celui d'une crécelle, et en même temps une voix
d'homme qui semblait lancer des invocations, des
prières sur un rythme plaintif et régulier. Par instants, le bruit de la crécelle diminuait de même que
la voix baissait ; puis, c'était un nouveau redouble-
ment et de nouvelles et hautes exclamations !

Intrigué et ne sachant ce que tout cela voulait signifier, j'appelai Antonio, qui dormait déjà comme
un bienheureux, pour lui en demander l'explication.
C'était un des médecins goajires, *Piaché*, qui chargé
d'exorciser la ranchéria et de chasser le mauvais
esprit, cause de la maladie de tous les animaux,
était en train de remplir son office, et de pro-
céder à la cérémonie habituelle. Le *Piaché* n'est pas
en réalité un médecin, c'est l'équivalent de nos sor-
ciers de village, de nos *Rebouteux*, qui au moyen
de quelques signes cabalistiques et de quelques paroles bredouillées à la hâte, prétendent vous remettre
un bras, ou vous guérir d'un entorse. La cérémonie
avait commencé avec le coucher du soleil, elle devait se terminer avec le soleil levant. A cette heure-là,
le Piaché devait se rendre dans l'enclos réservé aux

chevaux et aux mules, les exorciser aussi l'un après l'autre.

Je me promis bien de n'y pas manquer.

J'allais enfin fermer les yeux, quand mon attention fut de nouveau appelée par des pleurs, des sanglots entrecoupés, partis tout près de moi. Ces sanglots semblables à ceux d'un enfant qui a un violent chagrin, et qui ne peut plus s'arrêter dans ses gémissements, venaient d'un des Indiens qui avait trop bu de mon rhum, et avait l'ivresse triste. Ces gémissements au milieu de la nuit, avaient quelque chose de sinistre et formaient un contraste frappant avec la gaieté des danseurs, le joyeux son du tambour qu'on entendait toujours, et les exhortations, les supplications du *Piaché*.

Il ne fallait plus songer à dormir. Tout le reste de la nuit, je la passai à réfléchir sur les faits curieux dont j'avais été témoin, et sur les mœurs si singulières de ces peuplades.

Enfin l'aube apparut, et je vis le *Piaché* sortir de son rancho. Il était entièrement nu, à l'exception du petit vêtement attaché à la ceinture, l'Icha, et tenait à la main l'instrument que j'avais pris pour une crécelle. C'était une grosse boule creuse en bois, remplie de petits graviers et fixée sur une tige, une poignée. Je ne peux mieux la comparer qu'à un grand hochet d'enfant, ou mieux encore à un gros bilboquet posé sur son pied. En l'agitant plus ou moins fortement, on obtient un bruit ressemblant à celui de nos crécelles, c'est la *Maraca*.

Il se dirigea vers les chevaux; j'en fis autant.

Il y entra seul; et après avoir pris un morceau de tabac à chiquer dans la bouche, *Manilla*, il se mit à suivre chaque cheval l'un après l'autre, en soufflant sur lui, presque à chaque instant le jus de sa chique, et en agitant de haut en bas avec force selon les cas, sa Maraca. Je ne sais vraiment pas comment il n'arriva pas d'accident. Il y avait 50 chevaux au moins dans cet enclos fort étroit relativement, et quelques-uns s'impatientaient et s'effrayaient de cet exercice.

Pendant ce temps-là, on dansait toujours.

Enfin vers six heures et demie, tout était fini, bal et exorcisme. Selon la coutume goajire, il s'agissait maintenant de donner aux danseurs, la boisson de maïs fermenté ou Chicha, à laquelle ils avaient droit; je vais en dire deux mots.

La chicha est la boisson habituelle des Indiens riches. Elle est aigre et très rafraîchissante : il y en a de deux sortes, ou pour être plus exact, il y a deux manières de la préparer.

Ou bien, on écrase entre deux pierres du maïs bien

ramolli, qu'on a fait tremper dans l'eau une nuit entière, et on le laisse ensuite fermenter pendant quelques jours, dans de grands vases de terre.

Ou bien, les vieilles Indiennes qui restent au rancho, pour s'occuper surtout des soins du ménage, mâchent ce maïs et le crachent ainsi mâché, dans les mêmes grands vases. La fermentation provoquée par la salive est, dit-on, beaucoup plus active.

Dans l'un et l'autre cas, quand la fermentation est faite, ou y ajoute plus ou moins d'eau et de panéla pour la sucrer : la boisson est prête.

J'eus l'occasion souvent, pendant mes deux années de séjour, de goûter ces deux sortes de Chicha. Je buvais de la première, sans aucune espèce de répugnance, mais de la seconde, vous me le concéderez bien, ce n'était pas sans un certain dégoût. C'est au demeurant une boisson agréable, quand on y est habitué, et fort désaltérante.

La distribution s'en fit à tous les danseurs, proportionnellement à leur qualité. Quand parmi eux, se trouve un riche Indien, il est d'usage de lui donner en outre une portion de maïs frais.

J'allai prendre congé de mes hôtes : il pouvait être huit heures environ, et pour éviter la chaleur du jour, il était temps de se remettre en route. German avant de me laisser partir, me demanda, si je voulais lui faire l'honneur d'être le parrain de sa fille.

Parrain !... je n'y comprenais plus rien ; ceci renversait toutes mes idées d'un seul coup! On connaissait donc le baptême dans la Goajire! Il y avait donc des catholiques parmi eux?... Antonio devant mon étonnement visible, vint à mon secours. Les Indiens, me dit-il, quoique évangélisés bien souvent depuis trois siècles, actuellement encore par des capucins espagnols, ne sont pas chrétiens et n'embrassent jamais aucune religion. Ils sont absolument indomptables par la persuasion. Quelques-uns recevront très bien les conseils, les paroles des missionnaires, ils feront même semblant d'admettre leurs doctrines, pour en recevoir des médailles ou autres menus objets, mais à peine ceux-ci auront-ils les talons tournés, qu'ils n'en feront qu'à leur tête, qu'à leur guise et en suivant leurs instincts. Les Indiens croient en Dieu, *Mareigua*, et c'est tout. Le baptême n'est donc pour eux qu'une simple formalité, une imitation des mœurs civilisées, et un prétexte pour se faire l'ami par vanité ou par spéculation d'un personnage important, influent et fortuné.

C'était comme étranger réputé riche, que German m'avait recherché pour être le parrain de sa fille, et je me gardai bien de lui refuser. Je devinai ses in-

tentions. Un refus de ma part m'en eut fait un ennemi. Sans savoir à quoi je m'engageais, je m'em-
pressai donc d'accepter son offre flatteuse somme
toute, pour moi, soupçonnant bien d'ailleurs que ma
nouvelle situation vis-à-vis de lui, créerait entre sa
puissante famille et moi, d'étroits liens d'amitié.
J'avais désormais un appui sûr et sérieux dans la
Goajire.

Antonio et Kuta m'approuvèrent, et la chose fut
décidée séance tenante. J'offris même à ma future fil-
leule, de modestes petits présents. Il fut convenu qu'on
la baptiserait à Rio-Hacha, un mois après, et qu'on
m'avertirait en temps voulu.

Sur ce, je leur dis adieu, *Aunis taya,* (je m'en vais)
à quoi ils répondirent ; *Punata* (va-t-en). C'est le salut du départ, et nous nous remîmes en route pour
Yosuru, par un chemin, heureusement cette fois, plus
praticable.

CHAPITRE VIII.

MARIAGE. — DEUIL CHEZ LES GOAJIRES. — LA CÉRÉMO-
NIE. — CHASSE. — EXORCISME DU PIACHÉ.

J'allai habiter mon rancho, où pendant quelques
mois, un an peut-être, je comptais vivre en parfait
gentilhomme Indien. C'était le seul moyen de pouvoir étudier à mon aise et sur place, les mœurs et
les coutumes de ces sauvages.

Six semaines environ s'écoulèrent sans incident
notable.

Un jour de fin janvier 1890, je reçus la visite d'un
jeune homme de Rio-Hacha. Il venait pour solliciter
de moi une grande faveur, me dit-il, comme préam-
bule.

De quoi pouvait-il être question? je lui fis conter
son histoire.

Ce brave garçon s'était amouraché d'une jeune
Indienne extrêmement jolie, il insistait sur le mot,
et voulait à tout prix l'avoir pour femme, la deman-

der en mariage. Il m'en parut épris en effet d'une
façon extraordinaire, il tremblait en m'en parlant.
Aux détails qu'il me donna avec l'emphase castil-
lane, je reconnus bien vite, coïncidence bizarre,
ma belle fille de Chororsiru. Il ne pouvait y avoir
de doute, c'était bien elle! Et en réalité, malgré son
enthousiasme amoureux, il n'exagérait pas trop sa
beauté.

Il me suppliait d'être son intermédiaire avec les
parents de cette jeune fille, m'assurant que je pouvais seul, en raison de ma qualité d'étranger, les
décider à accorder leur consentement. Il me prévint
que le père était mort.

Aimant par nature les situations très nettes, je ne
cachai pas à mon ami, le peu encourageant accueil
qu'elle m'avait fait, lorsqu'il s'était agi seulement
de prendre sa photographie. Je lui exprimai la
crainte que mon intervention ne la mît de mauvaise humeur et par suite ne fût nuisible. Au lieu
de lui rendre service, je pouvais au contraire lui
occasionner un échec. Il me paraissait préférable et
plus prudent, qu'il chargât Kuta de cette mission.
J'étais loin de lui refuser mon appui, puisqu'il voulait bien le croire utile, mais je devais rester dans
la coulisse, et m'arranger de manière à me concilier
la confiance de la mère et des oncles maternels. Avec

quelques cigares, quelques bonnes bouteilles de
rhum, ce grand enjôleur de la Goajire, j'en faisais
mon affaire. Mon ami, incrédule tout d'abord, finit
par se ranger à mon opinion comme la plus sage,
et il fut convenu que le jour suivant, de grand matin, Kuta avec un autre compagnon, se rendrait, sans
perdre de temps, à la rancheria de la jeune fille.

Ce n'est pas chose aussi facile, qu'on serait porté
à le croire, qu'un mariage dans ce pays; on n'est
pas toujours sûr d'être agréé. Avant tout, l'Indien
s'informe si le futur mari pourra payer la dot qu'on
exigera de lui, et s'il peut être d'un bon rapport
pour l'avenir.

Le montant de cette dot est fixé par les oncles
maternels. Elle consiste en têtes de bétail, dont le
nombre varie suivant la caste et la fortune de la future épouse; généralement c'est l'équivalent de ce
qui a été payé pour la mère. J'ai vu donner pour
la fille d'un riche Indien, nommé « *Elyseo* », jusqu'à
cinquante animaux, dont trente-cinq vaches ou
bœufs, dix chevaux et cinq mules, sans compter les
colliers de corail, de tumas, etc.

J'oubliais de vous dire que d'après la loi goajire
la vraie parenté n'existe que du côté maternel, le côté
du sang : ainsi le fils ou la fille, par exemple, fait
partie de la caste de la mère, et non de celle du

père. Pour le mariage, le père ne peut pas disposer de sa fille; ce droit revient aux frères de la mère, aux oncles maternels; ils sont considérés par la loi goajire comme les véritables protecteurs naturels, les vrais pères de l'enfant. Ce sont eux qui acceptent ou refusent une proposition d'union pour leur nièce, qui fixent le montant du prix de la jeune fille, ou, si l'on veut, de la dot qui lui est constituée : en cas d'acceptation, ils sont les receveurs, les dépositaires de cette dot. De même, la jeune Indienne n'hérite pas de son père, mais de ses oncles maternels et de sa mère.

Cette loi de la parenté maternelle peut paraître naturellement singulière à nos mœurs, et cependant, à mon avis, elle ne manque peut-être pas de sagesse, étant donné qu'avec la polygamie, telle qu'elle est admise par ces tribus, c'est-à-dire sans d'autres limites que le caprice et le bon plaisir, le nombre d'enfants peut devenir très grand. Et il est évident que, dans ces conditions, ce que nous appelons la famille n'existe pas, que le père ne peut avoir pour toute sa progéniture, une égale et suffisante affection. Il était donc prudent d'en confier la garde et la direction à la famille particulière de chacune des femmes. En outre, si, comme dit Brid'oison, « on est toujours fils de quelqu'un », rien ne prouve que le mari, père supposé, soit le père véritable, et notre principe de droit français : *Pater is est quem nuptiæ...* n'a chez eux aucun crédit. Du côté de la mère, il n'y a pas lieu d'avoir les mêmes craintes.

Il n'y a d'exception que pour les métisses, filles de

Fig. 30. — Suzanne et Merced.

Rio-Hachères ou autres civilisés. Dans ce cas, c'est le père qui a tous les droits, mais il est tenu néanmoins de consulter les oncles maternels.

Il n'y a pas de cérémonie pour le mariage : la dot en bétail est remise aux oncles maternels, les colliers

de corail ou de tumas à la mère. Ceci fait, cette dernière amène l'épouse au rancho de son époux, et l'u-
sage veut que pour la première nuit de noces, elle
leur offre un hamac de cordes, un *Chinchorro* comme
on dit à Rio-Hacha, *Sori* en goajire. En souvenir de
ce cadeau et de cette première nuit de noces, le mari
doit aussi en échange, offrir à sa belle-mère, une ou
deux têtes de bétail, selon les cas. C'est ce qu'on
appelle à Rio-Hacha, le cadeau du « Chinchorro ».

La loi Goajire veut encore que la demande en
mariage soit faite, non par le prétendant lui-même,
mais par deux messagers de son choix. C'est à ce
titre que nous avions pris Kuta et son compagnon.

Ils partirent de grand matin, munis de toutes
nos recommandations et de tout le bagage nécessaire, pour se rendre favorables toutes les volontés,
comme cigares, rhum, maïs, etc. Ils ne reviendraient
que vers le soir; Chororsiru était situé à trois lieues
environ, et les pourparlers sont toujours longs.

Que faire jusque-là? Le Rio-Hachère se rendit à une
rancheria voisine saluer un Indien ami, *Patricio*.

Resté seul, il fallait bien que j'employasse le temps
à quelque chose!

Comme on m'avait signalé, la veille, un passage
de canards dans les lagunes, je résolus pour la première fois d'y aller faire un tour. La journée passe-

rait plus vite ainsi, et je récolterais peut-être quelque gibier, pour mon déjeuner ou mon dîner.

Ces lagunes sont entourées d'une bordure d'arbres épineux, et forment un admirable abri pour le chasseur. Il peut tout voir sans être vu.

J'allai me poster dans un endroit qui me parut le meilleur, et j'attendis.

Au bout d'un quart d'heure à peine, une bande de ces oiseaux se dirigea franchement vers moi : quand elle ne fut plus qu'à une trentaine de mètres, je lâchai un coup de fusil dans le tas, à tout hasard.

Il en resta plusieurs sur place, quatre ou cinq, autant que j'en pus juger : dans ma joie, je ne songeai même pas à tirer mon second coup, sur les autres qui s'envolaient.

N'ayant pas de chien à ma disposition, je ne pouvais hésiter un seul instant à me jeter à l'eau, et à me faire mon propre chien, si je ne voulais pas abandonner mes victimes.

Après avoir ôté à la hâte tous mes vêtements, et les avoir laissés pêle-mêle avec mon fusil sur la rive, je me précipitai donc résolument dans ces marais. Je sentis de suite qu'ils n'étaient pas profonds, j'avais pied, et pour arriver plus vite je me mis à marcher ou plutôt à courir.

Je pensais pouvoir ramasser sans peine mes ca-

nards, mais deux seulement étaient tués net, trois
autres n'étaient que blessés.

Pour les premiers, pas de difficultés, je n'eus qu'à
me baisser ; mais les autres, ah ! les autres, à mon approche, se font un religieux devoir de déguerpir ; et
les voilà qui filent tant bien que mal, tirant l'aile.
Je les poursuis naturellement, un chasseur n'aimant
pas à perdre son gibier ; par malheur les gaillards
ont la vie dure et m'en font faire des circuits de tous
genres !

Chaque fois que je crois tout simplement mettre la
main sur l'un d'eux, il se met à plonger pour ne reparaître que cinquante pas plus loin, ou bien il se cache dans de hautes herbes où j'ai toutes les peines du
monde à pénétrer. Tous trois ont l'air de se moquer
littéralement de moi ; je n'en deviens que plus enragé.

Ce fut une course effrénée. J'y mis de l'entête-
ment. Grâce à ma persévérance, je finis par en attra-
per deux.

La course du dernier durait depuis dix minutes au
moins, et j'étais assez loin du rivage, plus acharné
que jamais, quand il me sembla apercevoir, à une
petite distance, le dos sale et rocailleux d'un animal
bien connu, avec qui j'avais eu déjà maille à partir. Je
jugeai prudent dans la position où je me trouvais, sans

armes, de battre en retraite ; la sagesse me le conseillant. J'avais devant moi un crocodile de belle taille !

Mais après avoir couru un peu en tous sens dans cette lagune immense, je ne me rappelai plus mon point de départ ; le rivage avec ses petits arbres épineux et rabougris était partout uniforme, je ne savais de quel côté me diriger !

Il fallait sortir de là pourtant, je ne pouvais pas laisser l'animal s'avancer plus vers moi. J'eus un moment d'inquiétude, je le confesse très humblement ; impossible de m'orienter, et ce gredin de crocodile qui me talonnait !

Dans mon trouble, j'eus cependant tout à coup une bonne inspiration. Évidemment mon passage dans ces marais boueux avait dû laisser une trace, un sillon jaunâtre à la surface, et il devait m'être facile de retrouver ma route. Je ne m'abusais pas.

Après quelques détours inutiles, je tenais le bon chemin et bientôt j'atteignais le bord.

Ce que j'avais laissé, était intact.

Vers quatre heures de l'après-midi, nous allons au-devant de nos messagers jusqu'au rancho du frère de Kuta ; ils devaient y entrer certainement au retour.

Le jeune amoureux Colombien était impatient.

Enfin, un Indien à cheval nous annonce l'arrivée de nos mandataires et de la famille de la jeune fille.

Nous voyons bientôt défiler toute une vraie caval-
cade, les chevaux harnachés à la mode du pays, les
brides en étoffe tissée avec des houppes pendantes
aux oreilles, les courroies des étriers en même
étoffe.

En tête s'avançaient nos deux messagers, puis, les
oncles suivaient, et en dernier lieu, sur le même cheval, la mère et la jeune Indienne, toutes deux à califourchon. Tout ce monde descendit gravement de
monture. Les hommes s'assirent dans un hamac de
ficelle qu'on leur attacha à deux pieux, et les femmes
sur le sol, sans ouvrir la bouche à qui que ce soit.
Ce cérémonial était d'un froid!

Après être restés ainsi un bon moment à nous regarder, sans prononcer une parole, la situation finis-
sait par être agaçante. Je demandai à Kuta ce que
signifiait, et ce que voulait dire l'attitude muette de
tous ces gens. Je voulais être fixé sur leur décision
par un oui ou un non. Il me fit savoir que les oncles feraient connaître leur réponse, au coucher du
soleil, en m'indiquant en même temps l'horizon avec
la main.

En effet au crépuscule, je vis toute la même cara-
vane repartir dans le même ordre, et avec la même
gravité, vers le rancho de Kuta, où tout devait se terminer.

Je ne sais pourquoi, j'eus un mauvais pressenti-
ment.

Dans l'intervalle, la nuit était venue.

Selon leur promesse, les parents réunis en assemblée, convoquèrent mon ami devant eux, pour lui
notifier qu'ils acceptaient en principe ses proposi-
tions, qu'ils en étaient flattés, mais... il y avait un
mais, leur nièce paraissait indécise, irrésolue pour le
moment, à se marier. On l'engageait à s'assurer lui-
même de son consentement, à avoir de suite un entretien avec elle.

Immédiatement, nous l'appelons, elle ne répond
pas.

Mon pauvre camarade, inquiet et désolé déjà, bat
tous les environs : Personne.

Le lendemain, nous sûmes qu'elle s'était sauvée,
pour se soustraire à une alliance qui ne lui plaisait
pas. Elle n'était pas rentrée chez elle.

Comme épilogue de ce refus, j'appris, quelques
semaines après, que cette jeune Indienne si fière, et
aussi dédaigneuse que belle, avait pour amant le
vacher d'un de ses oncles, une brute de la dernière
catégorie s'il en fut, et que pour ce fait son frère
avait voulu la tuer.

A peine un mois après cet incident, le chef du village de Cambute, le *caporal* Suta, comme disent les

Colombiens, originaire de Yosuru, vint à mourir,
et selon la loi goajire, la cérémonie du deuil devait se faire à son lieu de naissance. C'était l'oncle
de Kuta et presque son homonyme, le corps fut donc
amené à Yosuru par les soins de ce dernier.

Je dois donner ici quelques détails préliminaires :
rien n'est plus curieux, comme mœurs, qu'une mort
chez les Goajires.

Dès qu'un Indien est agonisant, on lui cache la
figure avec un grand mouchoir, pour que nul ne le
puisse plus voir.

Dès qu'il est mort, s'il est riche, on envoie comme
chez nous, des messagers porter la nouvelle à toutes
les rancherias de la contrée, et ses plus proches parents lavent son cadavre avec du sel et du savon.
Puis, on le revêt du plus beau manteau, *shei*, qu'il
avait de son vivant.

Pour l'ensevelir, on fait prendre à son corps la
position d'un homme assis, la tête un peu baissée,
et les mains jointes entre les cuisses. Dans cette position on l'enveloppe en premier lieu de sa couverture de laine, après toutefois avoir déposé à ses
pieds un grand vase de terre, *Tenashi*, contenant
tous ses bijoux, l'or et l'argent qu'il pouvait posséder, et en outre toute espèce de nourriture pour plusieurs jours, celle qu'il mangeait d'ordinaire comme

bananes, riz, panéla, viande salée, fromage, bouillie de maïs; plus, du tabac à fumer et à chiquer. Ce premier linceul posé, on le place dans ce qui doit lui servir de cercueil, et qui n'est autre qu'une peau de bœuf, dans lequel il est solidement cousu, avec les vivres que je viens d'indiquer.

Le corps, ainsi ficelé, c'est le vrai terme, est exposé dans un hamac, et conduit à son village natal. Alors, de toutes les parties de la Goajire, on vient pleurer le mort.

Suta ayant été un chef riche, très respecté et très aimé, il y avait foule à son enterrement. C'était, m'a-t-on dit, pour un sauvage, un homme d'un grand bon sens, et chose très rare, d'une très grande droiture. On prenait ses conseils de plusieurs lieues à la ronde.

Je voulus assister à ce spectacle, c'en était un vraiment.

Les nombreux Indiens, venus de plusieurs points de la Péninsule, s'étaient groupés par familles, par castes. La plupart s'étaient parés de leurs plus beaux vêtements, et avaient amené leurs plus beaux chevaux. Ils formaient un grand carré autour du rancho du défunt. C'était comme la muraille humaine d'une grande cour, et le bariolage de costumes et de couleurs présentait un coup d'œil des plus intéressants.

Quand j'arrivai, plusieurs Indiens et Indiennes
étaient déjà autour du cadavre, assis par terre à la
manière de nos tailleurs, la figure couverte d'un
grand voile, et pleurant à haute voix. Que cette façon
d'exprimer sa douleur me parut lugubre et peu sincère à la fois!

J'avais déjà été choqué à Rio-Hacha d'une scène à
peu près analogue, elle est racontée plus haut. Il
y a cependant entre les deux, une certaine diffé-
rence.

Des deux côtés, évidemment, il y a convention.

Chez les Rio-Hachères, ce sont des explosions de
douleur, des sanglots bruyants et des cris; mais ces
sanglots et ces cris ne sont pas uniformes pour tous.
Chacun les modifie suivant son caractère, son éducation, son tempérament : en d'autres termes, ils
varient, ils sont plus ou moins violents, plus ou
moins continus. Cela dépend de chaque personne.

Chez les Goajires, au contraire, c'est un rythme
usité, employé par tous, une sorte de mélopée triste
toujours la même; bref, une complainte *selon la formule*.

En les écoutant, leurs gémissements me donnaient
l'impression sinistre et monotone des hurlements du
chien, la nuit, pleurant son maître!

A côté de ce tableau si triste, il y en avait un

autre, d'un genre tout différent, les préparatifs de grandes ripailles. Ce contraste était singulier!

Des Indiens étaient en train d'écorcher et de dépecer des bœufs, et le rhum circulait parmi les groupes. Car l'usage goajire veut, si le défunt est riche, qu'on tue une partie de son bétail pour le distribuer aux assistants, et que sa famille offre aussi plusieurs barils d'eau-de-vie.

Selon la quantité d'animaux égorgés et de rhum acheté, la cérémonie du deuil dure un ou plusieurs jours. Il faut le temps de tout manger et de tout boire; c'est ensuite seulement qu'est enterré le défunt.

L'Indien pauvre est enterré le même jour.

Malheureusement, ces *fêtes* finissent souvent mal. Les Indiens s'enivrent, des discussions, des querelles, des rixes parfois surgissent, et voilà la guerre déclarée entre deux castes.

Il n'y eut rien de semblable à déplorer, par bonheur, au deuil de Suta; les ripailles durèrent deux jours, tout fut calme. Puis, son corps fut transporté au cimetière, *Amuyu,* voisin de Cambute, sa résidence, où on l'enterra.

Un grand trou fut creusé en terre, et l'on y posa le cadavre debout et non couché; tout fut recouvert de terre, de sable, de pierres, de chaux, et la sur-

face de grands coquillages marins. Point d'éminence, point de signe extérieur : ces écailles de mer
seules émergent du sol.

Les morts sont chez les Indiens, l'objet d'un culte
tout particulier, ce qui semble indiquer des sentiments élevés et une certaine civilisation. Un individu surpris à violer une sépulture, serait impitoyablement massacré.

Pendant neuf jours, la coutume exige que les plus
proches parents du défunt allument de grands feux
près de sa tombe, pour éloigner ses ennemis décédés. Ceux-ci, d'après leurs croyances pourraient venir la nuit près de lui, et « lui faire mal ». Car
pour eux, on n'est réellement mort qu'au bout de
ces neuf jours. C'est aussi à cause de cette ferme
croyance, qu'on dépose dans le cercueil des vivres
pour quelque temps.

Pendant ce temps, il est défendu, dans certaines
castes, de manger de la viande.

Dans certaines castes aussi, le riche est enterré
dans son propre rancho, avec le même cérémonial.

Au bout d'une année, comme dans ce pays les
chairs se décomposent fort vite, on retire les os des-
séchés, on les pose dans une grande urne de terre
cuite, *Tenashi,* et ces os sont alors placés définitivement dans le cimetière.

Les amis et parents du défunt viennent de nouveau le pleurer, et c'est le prétexte à d'autres ripailles de rhum.

Le surlendemain du deuil de Suta, un Indien se
présentait chez moi, et m'amenait une vache noire,
qui, à mon grand étonnement, m'était destinée.
Ainsi le veut l'usage que les notables invités, reçoivent suivant leur rang, qui un cheval, qui une génisse, qui un mouton.

Je restai environ quatre mois à Yosuru, m'occu-
pant de faire quelques échanges avec les Indiens,
pour obtenir leurs arcs, flèches, ustensiles de cuisine,
instruments de musique, vêtements, etc., lorsque je
me sentis un jour gravement indisposé. J'étais pris
par les fièvres intermittentes, maladies si longues, si
dangereuses dans ces pays et dont on a tant de peine
à se débarrasser. Je dus m'aliter. J'allais bien un jour
sur trois, mais dans mes accès, j'avais le délire, je
déraisonnais, j'étais fou.

Un matin, après une nuit très agitée, Kuta me
conseilla de me faire soigner par un Piaché, homme
ou femme, car il y en a des deux sexes, et s'enga-
gea à m'amener l'un ou l'autre si je voulais, convaincu qu'il me guérirait.

Je choisis un Piaché femme, par curiosité.

J'étais désireux depuis que je les avais vus opérer

sur les chevaux, à Causorchon, de connaître leurs
pratiques sur leurs semblables, et j'acceptai avec
empressement. Dorénavant, je saurais à quoi m'en
tenir, de toutes les manières.

Vers midi en effet, Kuta revint, accompagné d'une
Indienne petite, assez grosse et, autant que je pus
voir, aux yeux perçants, d'une expression peu commune. C'était ma future *Piaché*. Elle jouissait, paraît-il, d'une grande notoriété, et pour la décider à
venir chez moi, Kuta avait dû lui donner un collier
de corail.

Depuis quelques heures ma fièvre m'avait quitté.
je pouvais suivre attentivement la petite cérémonie,
sans en perdre un détail.

A peine arrivée dans mon rancho, cette femme exi-
gea que tout le monde en sortît ; je devais rester seul
avec elle. Personne ne peut voir un *Piaché* dans
l'exercice de ses fonctions, pas plus que celui-ci ne
peut vendre ou prêter sa *maraca*, ce serait un cas
de mort pour lui.

Aussitôt, elle tendit un grand drap entre elle et
moi, et ferma aussi avec un autre drap, l'ouverture
qui sert d'entrée. Fort heureusement les draps étaient
très minces, et je pouvais très bien distinguer à
travers, les moindres mouvements de cette brave
femme.

Elle commença tout d'abord par ôter sa robe, et

Fig. 31. — Filet-sac,   Fig. 32. — Petit sac à provision : coton
   ou *susirché*.   tissé de plusieurs couleurs.

resta uniquement avec son premier vêtement ou *Sui-*

ché. Puis, retirant sa maraca d'un petit sac en ficelle, tressé, *susirché*, elle s'assit sur un petit banc. En même temps, elle prenait dans sa bouche une chique de tabac.

Elle se mit alors à trembler de tout son corps, en faisant des invocations et en agitant sa maraca. Par moments, elle se levait de son siège, et tout son être, des pieds à la tête, s'agitait nerveusement, pendant que ses chants, comme son instrument, atteignaient le paroxysme de leur force. Dans d'autres, elle s'arrêtait un instant, pour expectorer et cracher du jus de tabac; on eut dit qu'elle voulait cracher la maladie.

Ce petit exercice dura une heure et demie au moins.

Elle devait être fatiguée!

En effet, après avoir remis sa robe, elle s'épongea la figure à diverses reprises, puis toussa, cracha encore une fois, et s'avança vers moi, me posant plusieurs questions. Voyant que je ne lui répondais pas, elle me parla par signes; je crus comprendre alors qu'elle demandait à me tâter le bras.

Croyant que c'était pour juger de l'état de ma fièvre, je le lui avançai, en me relevant la manche. A ma grande surprise elle se mit à y appliquer les lèvres et à me faire en quelque sorte l'office de sang-

sue, suçant et crachant à tour de rôle. Je devinai
que cette pratique avait pour but de vouloir en
extraire le mal, et de le vomir ensuite.

Ce second petit exercice dura encore au moins une
demi-heure; j'en avais le bras endolori.

A ce moment, comme l'intérêt chez les Goajires ne
perd jamais ses droits, je dus promettre de faire cadeau à ma Piaché d'une génisse bien grasse. C'était
nécessaire, disait-elle pour me rendre l'*Esprit* invo-
qué favorable, et obtenir ma guérison!

Je la lui promis immédiatement, et connaissant
désormais ce que je désirais, je me hâtai de la re-
mercier et de la congédier.

Le reste était peu intéressant, et de plus, je me
l'étais déjà fait raconter souvent. Ce que j'avais remarqué surtout, c'étaient les prétentions énormes
des « Piachés », et je n'avais nullement l'intention
d'être généreux avec eux.

Ces exigences viennent de l'aveugle confiance que
les Indiens, ont en ces *guérit-tout,* aimables farceurs.
Quand ceux-ci leur disent que l'*Esprit* exige soit une
mule, soit un cheval, soit un bœuf, soit un collier de
Tumas, ou un riche manteau, la famille s'empresse
de le donner! Dam! On ne peut pas contrarier
l'*Esprit,* s'il allait se montrer hostile!

Le Piaché, jusqu'à la guérison ou... la mort de son

malade, reste auprès de lui, et ne permet à personne
d'entrer dans le Rancho. Ceux qui viennent des villages voisins, dit-il, peuvent ramener le diable avec
eux, le *Yoruja*, et ce dernier peut tuer le malade.
Pour la même raison, il ne permet à aucun membre
de la famille de s'absenter, de quitter la rancheria ;
il pourrait aussi ramener le diable.

Si le malade guérit, tous les objets et animaux que
le Piaché a pu obtenir, lui appartiennent : dans le
cas contraire, tout revient à la famille.

Souvent aussi, *il consulte le tabac*, ou mieux *le feu*,
comme je le raconte plus haut au chapitre VI. Quand
la braise demeure très vivace, c'est que le client ne
doit pas trépasser.

J'interrogeai une fois un Piaché, sur le sort d'un
Indien qui était à toute extrémité ; il me répondit
d'un ton absolument convaincu : « S'il ne meurt pas,
c'est que Dieu ne veut pas ! »

Je fus très étonné de cette affirmation si catégori-
que de sa croyance en Dieu, au milieu de tant d'ab-
surdes pratiques.

Ma santé était loin de se remettre. Aux fièvres intermittentes, s'était ajouté un commencement de
dysenterie. Je crus prudent de me faire transporter
à Rio-Hacha, où du moins je trouverais les médica-
ments et les soins nécessaires.

CHAPITRE IX.

RETOUR A RIO-HACHA. — MA MALADIE TERRIBLE. —
L'ITINÉRAIRE DU SUD-OUEST AU SUD-EST. — GUAMA-
CHAL, ACRASHUA, ISHAMANA, GUINCUA. — GARRAPA-
TAMANA. — JOSÉ DOLORÈS. — JOAQUIN ET BRIAKU.
— LEUR DERNIÈRE EXPÉDITION. — SINAMAICA.

Huit jours après mon retour en cette ville, ma
dysenterie s'aggrava à tel point, qu'un matin en
me réveillant d'un très court somme, mes yeux vi-
rent trouble, et j'eus très nettement conscience de
la gravité de mon état. J'avais froid, un froid tout
particulier, aux extrémités surtout, celui qu'on doit
éprouver en passant une nuit à une forte gelée lorsqu'on est peu couvert : c'était la sensation de la
mort, j'en eus comme une vision ! Et malgré cet
anéantissement du corps, j'avais conservé la plus
complète lucidité de mon intelligence; mes sens,
l'ouïe principalement, avaient acquis une acuité

extraordinaire, je percevais le moindre bruit, le moindre son.

Le médecin homœopathe que j'avais choisi, à défaut d'autre, vint vers les 8 heures selon son habitude, et ne se fit aucune illusion. Quoiqu'il parlât à voix basse, je l'entendis très distinctement, dire à la brave et digne femme qui m'avait veillé, et au vice-consul français, M. Dugand, entré sur ces entrefaites : « Le pauvre garçon est perdu, il ne passera pas la journée ! » Et comme le vice-consul, qui voulait bien me témoigner quelque sympathie, quelque affection, s'apitoyait sur mon sort, et engageait ce médecin à tout essayer pour me sauver, j'entendis de nouveau très clairement chuchoter ces paroles : « Il n'y a rien à faire, ses mains sentent déjà presque une odeur de décomposition, sa barbe tombe d'elle-même, c'est la fin. Il faut commander son cercueil, pour ne pas être pris au dépourvu, car deux heures au plus après son décès, il nous faudra l'enterrer. »

Vous devez juger quel effet, cet arrêt funèbre produisit sur moi ! Mes moments étaient comptés, chaque minute écoulée me rapprochait du terme fatal !

M. Dugand était atterré !

Tout à coup le docteur se ravisa : « Il y a peut-être encore un moyen, dit-il, j'en ai déjà fait, en plusieurs circonstances semblables, l'heureuse expérience. C'est de lui donner un bain froid, suivi de frictions et d'une potion à ma connaissance. La réaction, si elle se produit, peut donner l'énergie nécessaire à l'organisme, pour résister quelques jours encore, et du temps gagné, c'est de l'espoir. Il est de notre devoir de risquer tout, c'est la seule planche de salut, et au moins nous n'aurons rien à nous reprocher.

— Tout ce que vous voudrez, répondit M. Dugand, s'il en est ainsi. »

On envoya dans toutes les directions chercher une baignoire, une cuve quelconque, on n'en put pas trouver; les Rio-Hachères ont l'habitude de se baigner à la mer ou au Calancala.

On finit par rencontrer un grand baril qu'on fit scier en deux et qu'on apporta.

Et je me sentis alors empoigné sous les bras et par les jambes.

Quand l'eau me tomba sur la tête et sur les épaules, j'éprouvai une telle secousse, une telle suffocation que je perdis la notion des choses.

Lorsque je revins à moi, on ingurgitait de force entre mes dents serrées, quelques cuillerées d'un liquide quelconque, on me frottait tous les membres avec de la graisse fondue presque bouillante, et l'on m'appliquait sur le ventre des serviettes brûlantes.

La réaction prévue se produisit, suivie de plusieurs assoupissements et réveils successifs.

Il me sembla que je respirais plus à l'aise, et je pus enfin ouvrir la bouche. Je demandai à ma dévouée garde-malade quelle heure il pouvait être. « Trois heures, me répondit-elle.

— Ce ne sera pas encore pour aujourd'hui, » pensai-je à part moi !

Le lendemain j'allai mieux, ce mieux continua, bien doucement, il est vrai, petit à petit, qu'importe ! J'étais hors de danger.

Six semaines après ce jour tristement mémorable, mon médecin qui ne dédaignait pas les jeux de mots à l'occasion, me dit : « Vous pourrez vous vanter à votre retour en France, d'avoir été dans le Nouveau-Monde, et presque dans... l'autre monde ! »

J'appris vers cette époque aussi, la grave maladie de mon premier guide Antonio, et à quelques jours de là son décès. Il succombait à une fluxion de poitrine, chose assez rare dans ces contrées. J'en éprouvai un réel chagrin.

Ma convalescence dura plus de trois mois. Mon pauvre corps affaibli, épuisé, eut beaucoup de peine à reprendre son état normal, sa vitalité. J'étais profondément anémié.

Enfin, me sentant suffisamment rétabli, je résolus

de me rendre de Rio-Hacha à Maracaybo (Vénézuela), traversant la péninsule Goajire dans toute sa
largeur, du sud-ouest au sud-est. Je devais remonter
l'embouchure du Calancala, que je ne connaissais
qu'imparfaitement, jusqu'au *Pancho,* village situé
de l'autre côté du fleuve sur le territoire indien. Là,
j'avais l'intention de prier mon excellent ami Vicente
Siosi d'être mon compagnon, et de me louer les chevaux et mules nécessaires.

Je m'embarquai sur un petit canot à 4 heures
du matin, emportant comme toujours, les bagages
et objets indispensables, sans oublier ma bonne carabine Winchester.

A cette heure matinale, tout est calme et silen-
cieux. Le paysage est pittoresque : à l'embouchure,
de grands palétuviers comme je l'ai dit plus haut
avancent de tous côtés leurs branches et leurs immenses racines, refuge naturel des nombreux crocodiles qui infestent cette rivière.

La barque marche très lentement. Le courant,
malgré l'apparence d'une eau unie comme une glace
est très fort, et nos rameurs ne chôment pas.

Nous passons devant une trouée faite à travers ces
arbres, sur les deux rives opposées du fleuve. C'est
l'endroit où une légère embarcation, mise par les autorités de Rio-Hacha à la disposition des civilisés et

des Indiens, permet de se rendre dans cette ville, ou de pénétrer dans la presqu'île.

Tout à coup, un peu en amont sur notre gauche, nous voyons s'envoler une quantité d'oiseaux aquatiques, aigrettes blanches, grises et noires, pélicans et autres. C'est leur rendez-vous habituel pour la nuit.

Enfin, le jour naissant apparaît, la bordure d'arbres fait place à une plaine, nous apercevons un rancho, c'est celui de notre ami Vicente Siosi. Nous débarquons.

Vicente Siosi est aujourd'hui le meilleur guide de la Goajire. C'est un brave homme d'une quarantaine d'années, marié avec une Indienne intelligente qui lui a appris à parler sa langue comme un véritable aborigène. Il jouit, parmi ces tribus, d'une grande considération par l'honnêteté constante de ses relations commerciales.

J'avais eu le plaisir de le voir déjà à Rio-Hacha. il m'avait visité pendant ma maladie, bref nous étions de vieilles connaissances, et je savais d'avance que je pouvais compter sur lui.

Je lui proposai d'être mon interprète dans mon voyage vers Maracaybo. A son grand regret, il ne pouvait accepter. Il devait précisément partir le lendemain, pour choses urgentes, dans une autre di-

Fig. 33. — Capucins évangélisant la Goajire.

rection, mais il mit son frère *Santander* à ma disposition, et me prêta les animaux dont j'avais besoin.

Le premier village que nous apercevons sur notre gauche est celui de *Buena Vista*, que nous avons précisément laissé sur notre droite, dans mon premier itinéraire vers le nord. Nous en laissons deux autres encore, ceux de *Arguatatu* et de *Chipana*. Les grandes plaines que nous traversons sont remplies de mauves, presque identiques à celles d'Europe. La terre est argileuse.

Et nous voici à *Guamachal,* où des capucins espagnols ont fondé une chapelle et une école, dans l'intention d'évangéliser les Goajires. Nous nous y arrêtons un instant pour les saluer, voir leur résidence, et saluer aussi une riche Indienne « *La Nicha* », sœur du cacique Jaipara, dont il va être question.

Les missionnaires nous reçoivent avec fort bonne grâce; ils me semblent heureux de la présence d'un Européen. Leur habitation est modeste, ils ont dû en grande partie la construire eux-mêmes. Ils ne sont pas très satisfaits, nous disent-ils, jusqu'à présent, de leurs efforts.

Je le crois sans peine. Leur tâche est rude, il ne faut pas se le dissimuler : pour moi, ces vaillants religieux se trompent étrangement sur le résultat final, et se bercent de folles illusions. Ils ne parviendront jamais à catéchiser ces sauvages, autant que je les puis connaître, à les convertir, à en faire des hommes, soumis, dociles, obéissants, des chrétiens en un mot. Ces Indiens sont indomptables; et par principe, par instinct, réfractaires à toute civilisation. Fiers de leur liberté, de leur indépendance, ils sentent très bien que la religion serait pour eux un joug, une domination, et ils ne veulent subir aucune chaîne. Ces pauvres capucins perdent leur temps et leurs peines, ils ne seront pas plus heureux que leurs prédécesseurs. Si on soumet un jour cette race, ce ne sera que par la force; d'autre manière il n'y faut pas songer. Puissé-je être dans l'erreur! Le sang répandu au nom soi-disant de la civilisation est une atrocité!

« *La Nicha* » est aussi très heureuse de nous voir : il est vrai de dire que c'est presque une civilisée, sachant couramment l'espagnol. Dans un coin du rancho, se cache sa fille, *Soledad*, un peu intimidée par notre arrivée : petit à petit cependant, elle jette un coup d'œil à la dérobée, cherche en se retournant à nous dévisager, et bientôt elle s'apprivoise. C'est une jeune Indienne, d'une vingtaine d'années, de taille moyenne, aux seins droits, aux hanches saillantes, à la figure sympathique, d'une très grande expression de douceur. Je me hasarde à lui faire un compliment, elle en paraît toute gênée.

Nous y déjeunons et ce n'est que vers 3 heures que nous nous remettons en route, sous un soleil de feu.

Nous traversons *Vallenatico*, et presque à la nuit, nous atteignons *Carashua*. Nous allons demander l'hospitalité à *Guayuhojo*, chef très aimé des Colombiens, très bienveillant pour eux. Il a douze femmes, nous dit-il. Il nous en présente une, assez petite, insignifiante ; les autres vivent dans des rancherias voisines.

Au soleil levant, le jour suivant, nous sommes debout et nous nous remettons en selle pour *Cambute,* *Yakururema, Kaleriana, Ishamana* et *Guincua*. Cette dernière ranchcria a l'honneur de posséder pour chef l'un des plus respectés de toute la Goajire, Jaipara, dont la rectitude de jugement, appréciée de ses compatriotes, lui a valu souvent d'être choisi pour arbitre dans des conflits, dans des guerres entre diverses castes. Il est de grande taille, porte relativement une assez grande barbe, ce qui n'est pas commun chez cette race, peu velue pour la grande majorité. Ses traits accusent cinquante-cinq à soixante ans, la tête est énergique et franche : celui-ci vous regarde bien en face. Il a le bras droit ankylosé d'une balle que son fils aîné lui a envoyée par imprudence ; en jouant

avec un remington qu'il ne croyait pas chargé. La
balle avait fracturé le radius près du coude, il en
était resté estropié.

Pour le fait, ce fils avait été dépouillé de tous ses
biens, en vertu de la loi goajire. Du moment où le
sang coule, il faut payer le prix du sang, même entre
parents.

Jaipara, comme tous les autres Indiens, me reçut,
au début, très froidement.

Il eut cependant de suite pour moi certaines prévenances que j'étais loin de m'attendre à rencontrer
chez un sauvage.

Il est vrai de dire que cette partie de la Péninsule,
jusque Ishamana, comme toutes celles d'ailleurs avoisinant Rio-Hacha, est, par suite de ses rapports fré-
quents avec cette ville, beaucoup plus civilisée que
les autres.

Jaipara, selon l'habitude constante, me fit asseoir
dans son plus beau hamac, suspendu à un rancho
ouvert, mis à ma disposition. Le rancho ouvert, *Gua-
nélu,* est, comme nous l'avons dit plus haut, un vrai
hangar de ferme.

En une seconde, selon une habitude aussi constante de la race, je fus entouré par une foule d'Indiens, me mendiant du tabac, « yoï, yoï », et même
de l'eau-de-vie, « aguardiente ». Comme ils insis-

taient d'une façon vraiment trop pressante, inso-
lente même, Jaipara, qui s'en aperçut, leur signifia
sur un ton sans réplique, d'avoir à se retirer de
moi.

Tous s'éclipsèrent à l'instant comme des écoliers
qu'on gronde.

Il fit ensuite tuer un jeune chevreau en mon honneur et je dus partager son déjeûner.

Quand je le quittai, nous étions les meilleurs amis
du monde.

Garrapatamana est situé près des monts Oca, nous
y étions le jour suivant. Son chef, *José Dolorès*, riche
Indien très redouté, de la caste des *Arpushianas*, est
très souvent en guerre avec les *Ipuanas*, les *Jusayus*
et les *Cocinas*. Il a deux lieutenants, très braves et
très redoutés aussi, *Joaquin* et *Briaku*. Marié à une
très jolie métisse, fille d'une Indienne et d'un Espagnol de Rio-Hacha, il possède de grands troupeaux,
et surtout une race de chevaux très renommée.

Voici ce que l'on m'a conté sur eux : ce récit, plus
que tout le reste, donnera une idée bien exacte des
guerres acharnées que les Indiens se font entre eux,
et de leur incroyable malice.

Depuis longtemps, José Dolorès et ses lieutenants
avaient une vieille rancune, une vieille querelle à vi-
der avec une tribu d'Ipuanas. Les chances étaient à

peu près égales et la victoire devait rester à celui qui serait surtout le plus habile, le plus fin. Voici ce que les premiers imaginèrent pour se débarrasser facilement des seconds : c'était une guerre à mort, l'une ou l'autre tribu devait périr.

Connaissant le penchant de tous les Indiens sans exception pour le rhum, car ils sont essentiellement ivrognes, ils envoyèrent dans la rancheria ennemie un espion chargé de plusieurs barils de ce liquide, avec mission expresse de soûler tous ses habitants, et de prendre en gage tous leurs fusils.

Pour commencer, les Indiens payèrent comptant, au moyen de petits échanges, tout le rhum qu'ils burent; puis, ayant épuisé toutes leurs ressources, et l'appétit venant en mangeant, ils voulurent continuer à boire à crédit, et satisfaire leur passion favorite. C'est là que l'espion les attendait; il consentit à leur en donner encore, mais à la condition qu'ils lui remettraient toutes leurs armes en garantie. Ceux-ci les lui donnèrent sans méfiance, et se grisèrent à qui mieux mieux.

Quand ils furent ainsi dans l'impossibilé de se défendre, l'envoyé courut prévenir les Arpushainas, qui étaient en armes à une très petite distance, et ceux-ci massacrèrent toute la rancheria, hommes, femmes, enfants, jusqu'au dernier. Dans leur fureur de vengeance et leur soif de sang, ils prenaient les enfants par les pieds et les écartelaient en deux, ou, détail plus horrible encore, leur cassaient la tête contre les arbres!

Cet exemple de ruse et de haine m'en rappelle un autre également récent : je cite plus haut le nom des deux victimes.

Depuis un certain temps, un Indien, Antonio Amaya, avait le désir de se venger d'un Rio-Hachère, Manuel J. Bonivento, fils civilisé d'un Indien. Un jour de mai ou juin 1888, si ma mémoire est fidèle, ces deux ennemis, armés tous deux, se croisèrent en chemin aux environs du Calancala, près de San Antonio, sur le territoire goajire. Bonivento apercevant Amaya lui cria : « Est-il vrai que tu veuilles me tuer, on me l'a affirmé? — Non, répondit l'autre, je n'ai jamais dit cela, » et il protesta de ses intentions pacifiques, presque amicales.

Sur cet échange de paroles, ils se séparèrent suivant chacun leur route, comme s'ils ne s'étaient pas vus.

A peine Bonivento, rassuré par cette explication, avait-il fait trois ou quatre pas en avant, qu'il recevait dans le dos, par derrière, une balle d'Amaya qui le blessait mortellement. Quoique tombé sur les genoux et presque mourant, Bonivento, ranimant

toutes ses forces, eut le courage de viser son lâche
adversaire avec le remington qu'il avait, et lui fra-
cassa la tête.

Deux jours après, je voulais partir pour Sinamaïca,
tous les Indiens m'en détournèrent. La contrée était
peu sûre; depuis plus d'un an, diverses tribus étaient
en luttes perpétuelles, et les Cocinas devenaient plus
féroces que jamais. Sûrement, nous rencontrerions
des embuscades, on tirerait sur nous; bref, nous
avions neuf chances sur dix d'être attaqués et certainement dépouillés de nos mules et de nos chevaux,
tués peut-être. Pour nous aventurer dans cette région,
il fallait être en nombre, avoir une véritable cara-
vane; sinon, c'était s'exposer à un danger très sérieux,
et en pure perte. Les Cocinas n'étaient que des ramassis de mauvais sujets, que des bandits massacrant
sans pitié, et le pays, au delà, n'offrait pour moi
aucun intérêt.

Leur conclusion était que je devais rebrousser chemin.

Je crus bon de ne pas tenir compte de leurs observations, et sur la réponse que me fit mon guide qu'il
me suivrait partout où j'irai, ma décision fut vite
prise.

Je n'eus pas d'ailleurs à m'en repentir, car j'arrivai sain et sauf à Sinamaïca. Un seul coup de fusil,

venant on ne sait d'où, avait été tiré dans notre direction. Nous ne vîmes rien.

Je n'y restai que quelques jours ; je dus retourner
précipitamment vers Rio-Hacha. Ce voyage, quoique très court, m'avait de nouveau ébranlé la santé,
et ma terrible maladie semblait vouloir revenir. La
mauvaise nourriture, le cheval, et le soleil si ardent
de ces pays tropicaux, m'avaient encore une fois dé-
composé le sang. En arrivant dans cette ville, je dus
m'y reposer plus d'un mois, sans travail et sans fatigue, avant de retourner à mon domicile indien, à
Yosuru.

Durant mon séjour, une femme Rio-Hachère vint
un soir éplorée, me supplier de venir voir son jeune
fils, qu'un Indien, nommé *Kalaché,* avait blessé griè-
vement d'une flèche *Siguaray.* Elle me raconta ce
qui suit :

Un Indien *Chombo,* qui venait très souvent à Rio-
Hacha, commettait depuis longtemps de petits et de
grands vols, dont on n'avait jamais pu le convaincre.
On avait la certitude morale sans preuve matérielle
qu'il en était l'auteur, car c'était un maraudeur de
profession.

Il s'avisa un jour, par malheur pour lui, de
voler une vache à un Rio-Hachère moins patient
que d'autres, et qui ne badinait pas avec ces cho-

ses-là. Chombo lui fut dénoncé comme coupable.

Ce jour même, vers trois heures, de l'après-midi,
au moment où il allait traverser le Calancala, cet Indien recevait d'un individu, caché derrière un buis-
son et resté inconnu, une balle en pleine poitrine
qui l'étendit raide mort. Deux heures après, son frère
Kalaché, au moment où il allait à son tour franchir le
fleuve pour se rendre dans la Goajire, aperçut le
cadavre, déjà froid, au milieu d'une mare de sang.
Fidèle à la loi de sa race, il se promit de tuer le premier civilisé qu'il rencontrerait. « *Español lo hizo,
Español lo paga* (pour eux tout Colombien est Espagnol). L'Espagnol l'a fait, l'Espagnol le paiera. »

Le premier civilisé qui se présenta, fut précisément
un jeune garçon de seize à dix-sept ans, fils de cette
pauvre femme éplorée, et bien innocent du crime.

Kalaché alla droit sur lui et, sans prononcer une
parole, lui enfonça une flèche au creux de l'estomac.
Le pauvre enfant se jeta à l'eau pour éviter la fureur
de ce forcené, et eut le courage de se retirer la flèche.
Son beau coup fait, l'Indien s'enfuit et disparut. Ce
jeune homme sortit de l'eau, et tant bien que mal,
eut l'énergie de vouloir rentrer chez lui. Mais les forces le trahirent au bout de cent pas, et il tomba sur
la route où des passants le ramassèrent.

C'est ce blessé qu'en l'absence des médecins de

Rio-Hacha, on me sollicitait d'aller voir. A l'étranger, tous les Européens sont plus ou moins médecins : par humanité, je ne me fis pas prier.

Je trouvai ce garçon en proie à d'horribles souffrances et à une soif ardente. J'examinai la blessure, elle était juste au creux de l'estomac, et autant que mes modestes connaissances en histoire naturelle me permettaient d'en juger, le diaphragme était traversé, il y avait hémorrhagie interne, et une péritonite, à mon avis, allait se déclarer. Cette blessure était large de 5 centimètres au moins, par suite de la déchirure faite en retirant la flèche ; car la pointe de fer possède à la base deux crochets en forme d'hameçons, comme nous l'avons déjà vu. Pour les extraire, il faut faire d'affreuses lésions internes, en arrachant les tissus.

Je ne dissimulai pas mon opinion à la malheureuse mère, qui du reste avait tout deviné à mon regard. A 10 heures du matin en effet, le lendemain, son fils mourait, après une nuit de douleurs épouvantables.

Quant à Kalaché, il sut que j'avais soigné sa victime, il en éprouva un très vif ressentiment contre moi, et se vanta de me tuer la première fois que je remettrais le pied dans la Goajire.

Sa menace ne m'inquiéta pas beaucoup, et ne changea en rien la résolution que j'avais prise de me rendre par terre à ma résidence, à Yosuru. Je partis à cheval, suivi seulement de deux jeunes Indiens, neveux de Kuta, *Buchichandé* et *Pachichena*. J'avais, il est vrai, une bonne carabine à répétition, qui eût fait de la bonne besogne, le cas échéant. Un guet-apens seul était à craindre.

Je voulus, je me rappelle, cette fois-là, me payer la fantaisie de traverser sur ma monture l'embouchure du Calancala, à la façon des Indiens; c'était la saison sèche, nous n'aurions de l'eau que jusqu'aux mollets. Nous en étions à peu près vers le milieu, quand Buchichandé, effrayé, me cria : *Peryuri, Peryuri*. C'était un requin que je ne voyais pas, et qui était à peine à 5 ou 6 mètres des jambes de ma bête, en quête de nourriture sans doute, aux abords du fleuve. Nous jetons tous de grands cris de façon à l'effrayer. Il plongea pour ne plus reparaître.

Le soir, je rentrai dans mon rancho après une absence de six mois. Rien n'était changé.

Et dans ma route, je n'avais pas aperçu la silhouette de Kalaché!

J'avais appris seulement la mort de *Briaku,* percé par un ennemi de quatre flèches empoisonnées; son agonie avait duré trois jours, au milieu d'atroces souffrances.

CHAPITRE X.

Je restai un an environ à Yosuru, ou dans les environs , chassant beaucoup et un peu partout, pour me rendre compte le mieux possible de la faune et de la flore de la région. Je visitais mes amis, **Kuta,** José Cuenta et Chéché avec lesquels je ne tardai pas à me lier étroitement, pour étudier avec eux les lois, mœurs et coutumes des Indiens Goajires.

J'appris que les Indiens Goajires se subdivisaient en trente castes ou familles environ, toutes portant un nom d'animal ou d'oiseau. J'indiquerai les dix principales :

1° Les *Urianas,* de la famille du tigre.

2° Les *Pushainas,* de la famille du pécari.

3° Les *Epinayues,* de la famille du chevreuil léger.

4° Les *Epieyues*, de la famille du vautour.

5° Les *Ipuanas*, de la famille du roi des éperviers.

6° Les *Arpushainas*, de la famille du vautour (autre espèce).

7° Les *Jusayues*, de la famille du serpent à sonnettes.

8° Les *Sapuanas*, de la famille des œdicnèmes.

9° Les *Jayarius*, de la famille du chien

10° Les *Huaurius*, de la famille de la perdrix.

Les autres sont sans intérêt, presque toutes vivant sous la indépendance de l'une des castes ci-dessus. Le pauvre est d'ailleurs parmi eux considéré comme un paria; il n'a ni considération ni crédit.

Chaque rancheria possède un chef, *raura* ou *laura,* un caporal, disent les Colombiens. Il est chargé seulement de veiller à la défense commune, c'est le chef désigné en cas de guerre; hors de là, il ne jouit d'aucune autorité particulière. C'est généralement le plus riche.

Les principales tribus indiennes, comme fortune, sont les Urianas, les Epinayues et les Arpushainas.

Ces diverses castes sont disséminées dans toutes les parties de la Péninsule. Les Epinayues et les Epieyues habitent pour la plupart, les plaines qui s'étendent entre le « Calancala » et Manauré ou Acuoro à la côte ouest. Cependant vous trouvez des Epieyues dans la chaîne du Macuira, les Urianas à l'est des montagnes du Cojoro, les Arpushainas au sud, les Ipuanas dans la plaine, entre les monts Aceite et la pointe Espada. Les dangereux Jusayues qui n'ont guère meilleure réputation que leurs voisins les Cocinas, habitent le sud des monts Cojoro et la partie comprise entre le pic de « La Téta », et les monts Oca.

L'emplacement du lieu où doit s'établir une rancheria est choisi avec soin : l'un des ranchos est toujours sur une éminence, pour voir au loin, et les autres sont construits à quelque distance, souvent cachés par des arbres. Cette mesure a pour but, en cas d'attaque, d'empêcher les Indiens d'être tous pris au dépourvu, à l'improviste, et toute la caste par suite, d'être exterminée. De même, un Indien riche n'aura jamais tous ses troupeaux avec lui, il les répartira dans plusieurs villages.

L'Indien Goajire est de robuste constitution. De taille moyenne, les épaules larges, la poitrine et les membres ronds, bien en chair, les jambes fortes, c'est un marcheur infatigable, pouvant très bien supporter la faim et la soif. Quand il a beaucoup de nourriture à sa disposition, il mange tant qu'il en peut absorber ; il se lèvera même la nuit pour achever ce qu'il a laissé. Mais il sait aussi faire abstinence, et demeurer un jour ou deux à jeun, s'il n'a rien à se mettre sous la dent. Il a sur ce point quelque ressemblance avec le caïman.

La figure en général est ronde, les cheveux sont gros, noirs, épais, retombant sur les yeux, surtout chez la femme; la barbe est rare, la peau est de couleur café au lait clair. Le nez est souvent large et camus, la bouche est grande, le regard comme la démarche, est fier. Tout est fier d'ailleurs en lui, il croirait s'abaisser en travaillant. L'ouvrage est pour la femme.

Je me rappellerai toute la vie la réponse que me fit un jour un jeune Indien de treize à quatorze ans, dans les premiers temps que j'étais dans la Péninsule. Ignorant complètement leurs mœurs à cette époque, je priai ce gamin de porter sur ses épaules mon appareil de photographie qui m'embarrassait : il me répondit orgueilleusement en me toisant des pieds à la tête, avec un air de mépris inoubliable : « Je ne suis pas une femme ! »

On ne s'occupe jamais de cette dernière; si elle accompagne son mari au dehors, c'est elle qui portera tous les fardeaux. Si on offre à manger à l'Indien, la femme n'aura que ce que voudra bien lui donner son seigneur et maître.

L'Indien ne se baissera jamais pour ramasser quelque chose, s'il le peut prendre avec le pied.

Il a une vue extraordinaire, et c'est ce qui me faisait dire au commencement de ce récit que le Goajire était né pour l'élevage. Jamais il ne se perd un animal dans une rancheria. Si un bœuf, cheval ou mulet, manque le soir à l'appel, parce qu'il s'est égaré en allant paître au loin, le vacher indien suivra très bien la piste de la bête sur le sable, même la nuit, et la ramènera au rancho.

Il possède aussi une grande qualité pour la garde des animaux; il est très patient. Si par exemple, il est chargé de prendre un cheval au lacs, et que pour un motif quelconque, il ne peut y réussir, il fait avec des piquets enfoncés en terre une sorte d'enclos, *shatia*. Peu à peu, avec beaucoup d'habileté il y fera entrer ce cheval et s'en emparera.

L'Indien est très bon cavalier. Il est très adroit pour dompter, pour dresser par exemple une mule, qui n'a pas encore été montée et qui vit en pleine liberté dans les pâturages. Après lui avoir jeté le nœud coulant il lui passe en la flattant, un licol très long, fait de lanières de cuir tressées, *Kapureta*, et l'attache de très près à un poteau solide. Toujours en la caressant, il lui pose une selle sur le dos, et entourant l'animal à hauteur des jarrets avec ce grand licol résistant, il le met dans l'impossibilité de se mouvoir; la bête se trouve ainsi enserrée fortement. Puis,

tandis qu'il monte en selle, il appelle un compagnon, chargé de détacher doucement l'animal, et de
tenir le licol d'une main ferme. Le mulet ou mule devenu libre, généralement part à fond de train, et tandis
que le cavalier le maîtrise le plus qu'il peut, l'autre
Indien court derrière en le retenant de toutes ses forces
avec la *Kapureta*, pour l'empêcher de s'emballer.

Le Goajire a trois défauts capitaux; il est ivrogne,
vindicatif, intéressé, trois défauts qui constituent la
caractéristique de la race.

Il est très doux de caractère, il parle peu, son aspect est sérieux. Quand il a bu, il devient tout le contraire, souvent méchant, ou triste.

Il est aussi très hospitalier par nature, avons-nous
dit, et chez lui l'hôte est inviolable. Dès qu'il a fran-
chi le seuil du rancho, fût-ce un ennemi, il fait partie
de la famille, et on le défend au même titre. N'y eût-
il qu'un hamac au logis, il lui sera réservé, le maître dormira sur le sol. Chez les Indiens Aruaques de la
Sierra Nevada, vous n'obtiendriez pas un verre d'eau.

Il aime l'eau-de-vie au delà de toute expression,
surtout l'ivresse qu'elle procure; c'est le vice prédo-
minant.

Et comment voulez-vous que l'Indien ne soit pas
vindicatif et intéressé quand la vengeance et l'intérêt sont la base de ses lois.

N'enseigne-t-on pas à l'enfant dès qu'il est en âge
de raison, à venger son père, en lui indiquant le nom
de l'assassin ?

Fig. 33. — groupe de jeunes filles.

N'oblige-t-on pas celui qui a occasionné une blessure, un accident, un préjudice quelconque, fut-
ce involontairement, à payer à la victime le *prix
du sang*, à réparer le mal causé, proportionnelle-

ment au dommage et à la qualité de l'offensé?

On ne connaît d'ailleurs que deux châtiments, la mort et le dépouillement des biens.

L'Indien cherche toujours, à moins de cas exceptionnels, à se régler à l'amiable. A cet effet, il envoie près de l'offenseur deux messagers chargés de faire valoir la réclamation, *Amangna eshi* (je viens recevoir). S'il refuse de payer, la victime et les siens se rendent à l'endroit où paissent les troupeaux du coupable, et lui en saisissent une partie qu'ils ramènent à leur rancheria. Cette capture a pour objet de forcer ce dernier à revendiquer ses animaux et à entrer en arrangement. S'il consent au paiement, l'offensé garde le nombre de têtes convenu, et rend le surplus. Dans le cas où l'auteur du méfait ne possèderait aucun bien, tous ses parents du côté maternel, sont comme lui responsables de la faute, et solidaires de ses conséquences.

Un jour, un Indien était venu apporter du dividivi et des cuirs à un habitant de Rio-Hacha. Celui-ci, comme remerciement, lui donna quelques verres de rhum à boire, et vers le soir l'Indien complètement ivre voulant traverser le « Calancala » pour retourner chez lui, s'y noya. On ne put même pas retrouver son corps. Les parents du noyé vinrent en réclamer la valeur, le prix du sang, au Rio-Hachère, pour deux raisons : la première, parce que leur parent était mort au service du civilisé, dans une besogne qu'il lui avait commandée : la seconde parce que le rhum donné, avait été la cause de sa perte. Le civilisé, pour éviter des représailles et une foule d'ennuis, dût bel et bien s'exécuter. Heureusement le défunt était pauvre, il en fut quitte à bon compte. S'il n'eût pas payé, ces Indiens étaient capables de tuer le premier Colombien qu'ils eussent rencontré sur leur route toujours en vertu de leur loi barbare, « Le Colombien l'a fait, le Colombien le paiera. » L'innocent paie pour le coupable.

Le même principe de vengeance et d'intérêt régit le mariage.

Si la femme meurt en couche, le mari doit la payer une seconde fois à la famille, comme s'il l'eût assassinée volontairement; toujours *le prix du sang*. C'est l'inverse qui se produit si la femme donne naissance à un enfant mort. Dans ce cas c'est le mari qui doit être indemnisé du préjudice.

Il en est de même quand il survient un accident à l'enfant pendant son jeune âge, la mère est responsable de ses mauvais soins.

Quand un Indien maltraite sa femme, celle-ci par esprit de vengeance va parfois se pendre dans un

bois, pour que son mari soit obligé de la payer une
seconde fois à sa famille.

La même chose arrive aussi quelquefois quand la
mère bat ou injurie sa fille mariée : celle-ci pour se
venger, se donne la mort, car elle oblige la mère
ainsi, à restituer à son mari tout ce qu'elle en a reçu.

La femme est très respectée chez les Goajires, bien
qu'elle soit un être subalterne. Elle peut aller partout en toute sécurité, même lorsqu'elle est jeune
fille. Personne n'abusera d'elle pour ne pas s'exposer
à la rigueur des lois. Je parle toujours bien entendu
de la classe riche.

Si un Indien violait et enlevait une jeune Indienne pour en faire sa femme, il aurait à la payer
deux fois à sa famille : une fois pour l'injure du
rapt, l'autre pour le prix de la dot, de la vente, si l'on
veut. Et si un pauvre faisait un pareil enlèvement,
il serait certainement massacré, à moins que tous ses
parents réunis ne puissent trouver la valeur exigée.

Aussi, la femme est-elle chez les Indiens, le meilleur et le plus sûr guide. Vous pouvez avec elle
circuler impunément dans le pays, surtout si elle
appartient à une caste puissante.

On m'a cité le cas d'un frère qui soupçonnant sa
sœur d'être la maîtresse d'un pauvre, vint la nuit,
après avoir reconnu la trace des pas des amoureux,

se cacher derrière le rancho du séducteur. Quand il

Fig. 35. — Portraits d'Indiens.

eut la certitude de ne pas s'être trompé, il tua cet
Indien et dépouilla sa sœur de tous ses biens.

Il ne faut jamais prononcer devant un Goajire le

nom d'un de ses parents décédés. Il faudrait lui payer une amende proportionnée à la qualité, à la situation du défunt, pour le chagrin que vous êtes censé lui faire.

Si un Indien a une blessure apparente, gardez-vous bien de la lui faire remarquer et de le questionner à ce sujet. Ce serait considéré comme une offense, et vous devriez réparer par un cadeau quelconque, le préjudice moral que vous lui causez.

Avec un Indien riche, vous devez éviter jusque l'ombre d'une injure.

La polygamie est admise. Un Indien peut avoir autant de femmes qu'il peut en payer : il peut aussi les répudier et les vendre à d'autres sans que cela soit regardé comme une insulte. Si l'une d'elles est infidèle, ce qui se voit très rarement, la fidélité étant une vertu essentielle de la femme Goajire, il peut se faire restituer, par la famille, le montant de la vente, de la dot.

Si une épidémie survient dans une rancheria, les Indiens l'attribuent à la présence d'un mauvais esprit, d'un ennemi mort, du diable en un mot, *Yoruja*. Aussi, ont-ils l'habitude dans ce cas, de suspendre aux toits de leurs ranchos et à tous les arbres des environs, une corde munie à son extrémité inférieure d'hameçons, pour que ce diable vienne s'y accrocher.

S'il se produit plusieurs décès, il n'est pas rare de voir mettre le feu aux ranchos des défunts, ou tout au moins de les voir abandonner.

Si un Indien a de la fièvre, il vous dira que c'est un mort entrevu la nuit, qui la lui a donnée. S'il a de violents maux de tête, c'est un coup de poignard qu'il a reçu d'un mort pendant son sommeil.

Il est superstitieux au plus haut degré, avons-nous déjà répété plusieurs fois.

Il part de chez lui, je suppose, pour aller voir un ami dans un village voisin, s'il entend en route le cri d'un oiseau appelé *Setkoi*, faisant à peu près ceci : « Tchiou, tchiou » il est convaincu qu'il ne rencontrera personne et qu'il doit s'en retourner.

Si au contraire, il entend un autre oiseau, *Uche-cherr* qui crie : « Tétou, tétou, » il continue son chemin. Il est certain que son ami l'attend.

Les Cocinas, m'a-t-on affirmé, ont l'habitude de se tuer pour une cause futile. Ainsi par exemple, qu'un Cocina en se promenant, tue un petit oiseau et que son compagnon le lui reproche, il se percera sans rien dire et sur-le-champ, d'une flèche empoisonnée.

Les Indiens ont des amulettes pour se préser-ver des maladies et pour les guérir : l'une est une pierre de jaspe rouge en forme de petite breloque appelée *Périña*, l'autre est un petit anneau, une sorte de perle de marbre vert, assez grosse nommée *Kasushi*. Ils les attachent aux colliers qu'ils portent au cou, et ont en leur propriété curative une absolue confiance.

La langue Goajire est peu connue jusqu'ici. Le père Célédon, prêtre Colombien, en a publié chez Maisonneuve à Paris, une grammaire et un vocabulaire assez étendus. Malheureusement il s'y trouve un grand nombre d'erreurs, et il est impossible avec ce livre seul, d'apprendre cet idiome. Les mots en sont très nombreux, beaucoup de consonances en ka, en shi, en tu, et malgré cela, pas désagréables à l'oreille. Je n'en dis qu'un mot, il y aurait trop à écrire sur ce chapitre.

Les instruments de musique sont très primitifs. Les Indiens ne connaissent que le tambour, *Kasha*, fait d'un bois très léger et tendu au moyen de petites lanières de cuir tordues, un sifflet flageolet de 12 à 15 centimètres, *Mas*, un hautbois en roseau, une boule dans laquelle on souffle et qui produit deux sons, *Huanaï*, une sorte de violon en forme d'arc, *Tarirai* et enfin une petite guimbarde en fer, *Trompa,* qu'ils achètent à Rio-Hacha.

Le Goajire n'est pas musicien, il ne sait tirer de

ses instruments aucune phrase musicale. Ce sont
des sons sans suite et sans idée, comme fait un en-

Fig. 36. — Flageolet, ou *mas.*

fant qui souffle dans un flageolet, en faisant aller
les doigts sur les trous, au hasard.

Il suffit du reste pour s'en convaincre, de l'entendre chanter. Il a un rythme unique et monotone,
roulant sur
deux ou trois
notes au plus.
C'est plutôt
une com-
plainte.

Leur arme,
c'est l'arc et
la flèche, nous
en avons déjà
parlé. Quel-
ques-uns pos-
sèdent des ar-
mes à feu,
Remington,

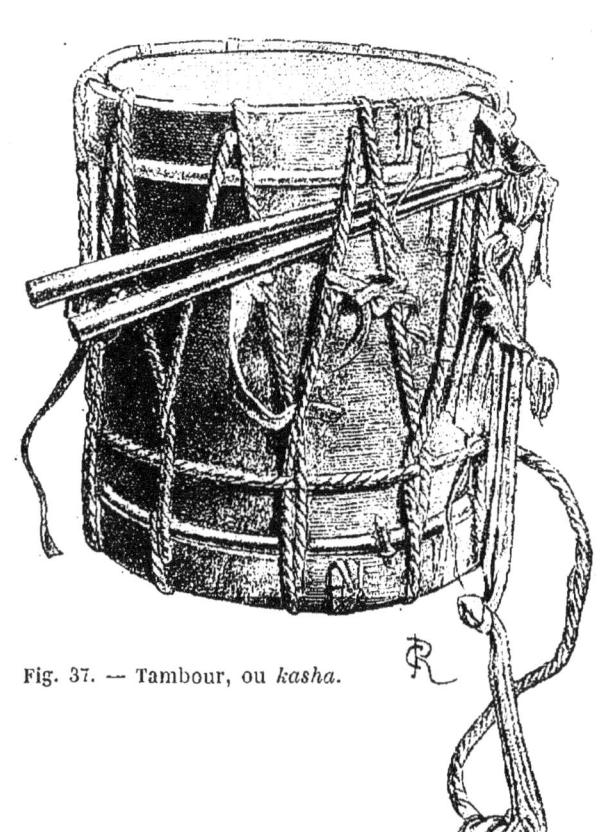

Fig. 37. — Tambour, ou *kasha.*

fusils à pierre ou à piston, échangés avec les Colombiens, les Vénézuéliens ou habitants de Curaçao. Ils en sont très amateurs et les savent très bien manier.

Je ne peux me dispenser de parler du poison de leur flèche.

Ce poison est composé de matières animales putréfiées. On jette dans une calebasse plusieurs reptiles morts des plus venimeux, vipères, serpents de liane, crapauds, scorpions, etc., on les laisse bien pourrir. Il se forme bientôt un liquide visqueux jaune foncé dans lequel on trempe la pointe. Cette flèche a en outre ceci de particulier qu'elle possède une entaille circulaire près de la pointe, faite de telle sorte que la partie inutile de la flèche se brise en arrivant au but, et que le dard reste seul dans la blessure, sans qu'on puisse le retirer.

Dès l'âge de cinq à six ans, les jeunes Indiens s'exercent à manier l'arc, et acquièrent vite comme leurs aînés une très grande adresse.

Les garçons s'amusent dans leur jeune âge à la toupie, *Chocho*, peu différente de la nôtre : ils la taillent au couteau dans un bois pareil à notre buis, et pour fer y placent un clou. Ils savent aussi jeter des pierres avec la fronde, *Hunaïa;* le fond de cuir est remplacé par un petit filet tressé avec l'agave ou *Makui*.

Les fillettes
poupées diffor-
cuite, *Guayon-*
Les Goajires
deux danses,
dividuelles, en
a jamais enla-
chez nous. J'ai
la « Chicha-
a une autre « La
pour ainsi dire
d'amour ima-
fait comprendre
pressifs à la
combien il est
sa personne.

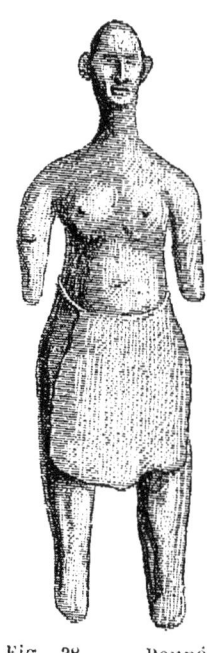

Fig. 38. — Poupée
goajire en terre, ou
guayonquera.

jouent avec des
mes en terre
quera.
connaissent
toutes deux in-
ce sens qu'il n'y
cement comme
décrit ci-dessus
maya » il y en
Cabra, » qui est
une déclaration
géc. L'homme
par gestes ex-
jeune Indienne,
épris de toute
C'est du réa-

lisme et je ne puis en parler plus longuement.

Fig. 39. — Poupée goajire.

Les danseurs sont exces-
sivement gracieux et lé-
gers.

Ils connaissent aussi les
courses de chevaux. Chaque
Indien riche se figure volontiers avoir une des meil-
leures races, aussi invite-t-il
de temps en temps ses voi-

sins amis, à venir lutter avec lui. Ces réunions
sont l'objet de grandes fêtes, ou le rhum et le
maïs jouent le principal rôle; chaque invité doit
emporter à son départ, en cadeau, une certaine
quantité de l'un et de l'autre. Les jeunes gens de
douze à seize ans sont les jockeys de ces courses; il
faut les voir rivaliser d'intrépidité et de sang-froid!

Le petit Indien court tout nu jusqu'à huit ou dix ans.

Pour se préserver des ardents rayons du soleil,
en voyage, les Goajires ont l'habitude de se teindre
le nez et les joues : ils ont quatre teintures principales, ou fards.

1° La *Parisa* que j'ai déjà décrite.

2° La *Mashuka*, qui vient d'un champignon de
terre en forme de petit sapin, et donnant une couleur noire.

3° La *Guanapai*, qui est du bois pourri, et dont
la couleur est brun foncé.

4° Et la *Mapuara*, qui est une poudre produite
avec l'arbre *Mapua* dont j'ai dit un mot.

Ils ont en outre une poudre, couleur marron,
qui d'après eux, aurait la propriété de rendre
amoureux. Voulez-vous être aimé d'une femme ou
d'une jeune fille, remettez-lui un peu de cette poudre, elle deviendra folle de vous.

J'en ai malheureusement perdu le nom.

Fig. 40. — Groupes d'Indiens goajires, fardés au *mapuara*.

Ils ne connaissent pas le tatouage, à l'exception

de petits signes qu'ils se font sur les bras, en forme
de croix ou autres marques toujours très simples.

Leurs ustensiles de cuisine comprennent des jar-
res, des marmites, casseroles, plats, le tout en terre
cuite de plusieurs formes et grandeurs. Ils ont pour
la bouillie de maïs la marmite, *Ushi*, pour la crème
du lait une autre, *Moko*, la jarre pour conserver
l'eau dans la maison, *Tenashi*, la petite jarre pour
aller puiser l'eau à la rivière, *Amuchi*, la gourde de
voyage en forme de cruchon ou de petit baril avec
anse, *Shoiché*, la demi-calebasse pour boire, *Ita*, l'assiette ou plat pour manger, *Poso*, le plat servant de
lèchefrite, *Jirala*, la cuillère en forme de spatule,
Posha, la calebasse de route, *Japuin*.

Ils ne connaissent ni chaises, ni tables, ils ont seulement un petit banc, *Turu*, taillé dans le bois
du « *Parsua* », et un lit qui n'est autre qu'une large
planche placée sur quatre pieds de 1 mètre 50
de hauteur, *Kaishé*, et recouvert d'une peau de
mouton.

Ils dorment dans des hamacs de corde, *Sori*, tissés
avec la fibre de l'agave, *Makui*, ou dans de beaux
hamacs de coton tissés par les femmes indiennes,
aux dessins et aux couleurs variés, *Jamatauré*.

Quand la jeune fille arrive à l'état de puberté, elle
est enfermée seule dans un rancho, pendant un

délai variant suivant son rang, de quelques jours à quelques mois, et soumise à un régime particulier. Elle doit entre autres choses, avaler beaucoup de tisanes, faites de différentes plantes cueillies dans la montagne. Pendant ce temps-là, la jeune Indienne riche apprend, sous la direction d'une habile maîtresse, à filer le coton, à tisser les hamacs, les manteaux et les *suichés*, et personne ne la peut voir. Le jour où elle sort de sa prison, on sait qu'elle est à marier.

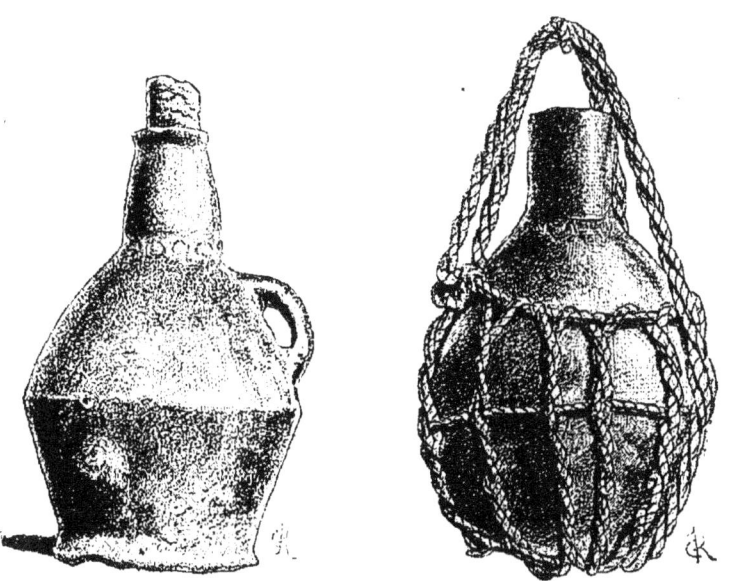

Fig. 41. — Gourdes de voyage, *schoïché*.

Le riche Indien se nourrit de viande, de riz, de bouillie de maïs, de bananes, de lait, de fromage,

de poisson, mais ne veut ni du porc ni de la poule,
il trouve que le porc est un animal trop sale et trop
répugnant..

Le pauvre se nourrit de maïs bouilli et grillé et
de divers fruits de la contrée principalement celui
d'un grand cactus, *Hiosu*, et d'un autre arbre,
Aipia.

Les travaux manuels des hommes sont peu nombreux. Ils savent faire cependant de grands et de
petits sacs-filets, appelés en terme générique à Rio-
Hacha *Muchilas*, mais qui dans leur langage indien
ont un nom différent, suivant l'usage et la grandeur.

Les grands sacs pour charger les ânes de chaque
côté, se nomment *Kacton*, les autres plus petits et
selon la taille, *susirche* et *susirchon*.

La toute petite bourse de fil de coton pour mettre
la monnaie s'appelle *Hüoochon*.

Avec des crins de cheval, ils savent fabriquer des
pièges, *Amazo* et *Huoré* pour prendre des oiseaux,
sans oublier les licols *Aipiza* et *Kapureta* dont nous
parlons ci-dessus.

La flore et la faune de la Goajire sont peu variées.
Nous avons vu comme flore au cours de ce récit
à peu près tout ce qu'il pouvait y avoir d'utile à
noter.

Les principaux animaux sauvages sont le jaguar,

le chat-tigre, le pécari, le cerf cariacou, le lapin.

Les oiseaux de proie sont des éperviers de diverses espèces dont quelques-uns détruisent les jeunes
serpents, entre autres le *Guacao*. Un détail que j'ai
remarqué : ces oiseaux de proie n'ont pas les ailes
pointues de ceux d'Europe. Ils les ont plus arron-
dies ; l'envergure en est moins large.

Vous y trouvez la petite perdrix huppée, ressemblant plutôt à de grosses cailles comme couleur et
grosseur, les hoccos, les œdicnèmes, des Cardinaux,
deux sortes de merles jaunes et noirs, l'un appelé
Trupial par les Colombiens, l'autre imitant le cri
des autres oiseaux, appelé par les mêmes, *Europel,*
des perroquets verts, des perruches vertes de différentes grandeurs, les petits oiseaux *Uchecherr* et *Setkoï,*
ressemblant un peu à un gros moineau, des pigeons
sauvages Yruri, la petite et la grande tourterelle,
au plumage gris bleuâtre, *huahuachi,* etc.

Comme oiseaux aquatiques, on y rencontre des aigrettes blanches et de couleur grise et gris-foncé,
des hérons, des cigognes, des spatules aux plumes
roses, des flamants, de petits pélicans.

Les serpents sont des plus nombreux, même dans
la plaine : le boa, le serpent à sonnettes, le coral rosé
rayé noir, le boquidorada, les serpents de liane ; plus,
un grand nombre et une grande variété de lézards.

J'eus l'occasion pendant mon voyage de tuer à peu près toutes ces sortes d'animaux et d'oiseaux. J'en ai rapporté aussi en France un certain nombre à l'état vivant pour le Muséum d'Histoire naturelle, au Jardin des Plantes. Aucun d'eux n'y figurait encore. M. Milne-Edwards et l'assemblée des professeurs du Muséum voulurent bien m'en adresser leurs remerciements.

Enfin, je terminerai ce récit par quelques légendes bizarres qui ont cours chez les Goajires, et que je transcris telles qu'elles m'ont été contées. On y trouvera un fond de naïveté assez drôle, et une vague analogie dans la première de ces légendes, avec les débuts de notre religion, le fruit défendu.

Ils croient donc que Dieu, dans le temps, avait une femme ; naturellement, cette femme était une Indienne, ils ne trouvent rien de supérieur à eux. Dieu l'avait enfermée dans un rancho sans portes ni fenêtres appelé *Purashi* (qui veut dire saint, respectable, divin) et personne autre que lui ne pouvait la voir.

Dieu avait aussi un esclave, un Indien bien entendu, et il lui avait défendu de voir cette femme, l'avertissant, que, si elle le voyait, elle le tuerait.

Un jour, Dieu étant parti se promener, avait bien recommandé de nouveau à son esclave de ne pas lui désobéir. Mais celui-ci, poussé par une invincible

curiosité, s'approcha du rancho, dès que Dieu eut
tourné les talons. Et comme il y avait un tout petit
trou à la paroi, il y appliqua l'œil, malgré la défense
faite. Mais à la vue de cette femme, qui était très

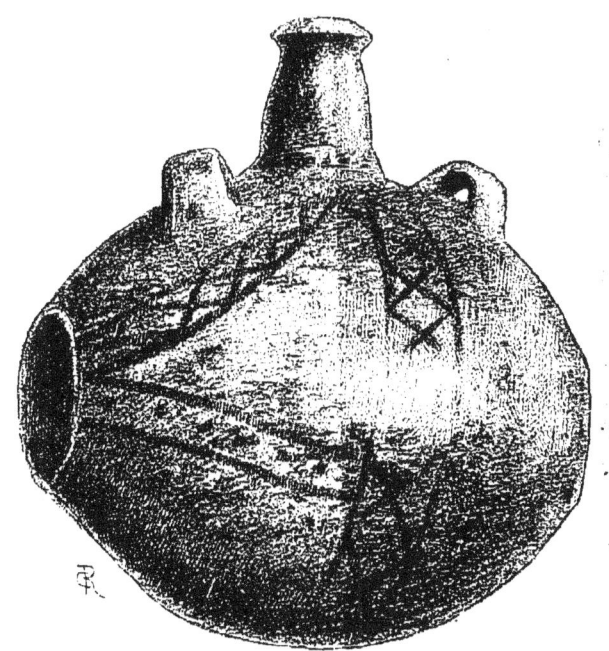

Fig. 42. — Gourde de voyage, *schoïché*.

jolie, tout son corps *se hérissa,* dit la légende. Cette
femme l'ayant aussi aperçu, lui lança un regard qui
le fit tomber à la renverse et le tua. Puis voyant
l'esclave mort, elle se sauva.

Quand Dieu rentra, il trouva cet homme jetant le
sang par la bouche, les narines, les oreilles, et il en

eut pitié. Il composa immédiatement un remède avec
une poudre fine, et en frotta l'Indien sur la tête et
aux épaules. L'Indien ressuscita, et Dieu le gronda
vivement de lui avoir désobéi.

La femme, effrayée de son meurtre, s'enfuit et on
ne la revit plus.

La seconde légende a trait à la terre.

Les Indiens croient que la terre a au-dessous d'elle
des maisons et des habitants, et que les femmes de
cette région s'ouvrent le ventre pour accoucher.

Ces habitants sont, comme toujours, des Indiens,
et seraient les fils d'un autre Indien de la terre. Voici
l'explication qu'ils en donnent.

Un jour, cet Indien de la terre chassait un cerf,
et ne pouvait pas arriver à le prendre. Il se mit
alors à faire un trou dans le sol, pour se cacher, espérant ainsi mieux arriver à ses fins. Mais il eut
beau faire le trou de plus en plus profond, le cerf
l'apercevait toujours. A la fin, à force de creuser,
il passa de l'autre côté.

Sa femme inquiète de ne plus le voir, se mit à sa
recherche; et se doutant qu'il avait dû passer par
ce trou, elle alla rejoindre son mari.

De leur union, naquit *la race des Indiens* d'en bas.

Telles sont succinctement racontées dans leur ensemble, les mœurs de ce petit peuple sauvage.

J'avais vécu deux ans et demi, près de trois ans, avec lui!

Je rentrais en Europe dans les premiers mois de 1892.

ÉPILOGUE.

Aujourd'hui, qu'après cette absence de trois années, je suis de retour en France, et que je passe en revue les divers événements accomplis pendant ce laps de temps, je rends grâce à mon ami X***, de m'avoir fait faire ce voyage; ce sera l'un des plus beaux souvenirs de ma vie. Il avait raison en effet; je l'en remercierais un jour, il me l'avait bien dit.

La péninsule Goajire n'est certes pas, à l'exception de la région du Macuira, un beau ni pittoresque pays. Ce n'est pas davantage un pays bien sûr, pour les étrangers, à cause de la fameuse loi inique et barbare : « Le civilisé l'a fait, le civilisé le paiera », mais je ne puis cependant m'empêcher de me rappeler, quelles heures calmes, tranquilles, heureuses, sans souci, sans préoccupations, j'ai passé au milieu de ces Indiens; combien j'ai admiré leurs mœurs primitives, si simples, si patriarcales, l'union, la solidarité si grande et si étroite entre tous les membres d'une même famille, d'une même caste, leur manière si cordiale et si noble de pratiquer l'hospitalité! Comme l'esprit éprouve un réel délassement, un véritable repos, une agréable détente, loin de nos obligations, de nos conventions sociales, de nos mesquines rivalités, de nos sottes ambitions, de nos préjugés et de tous nos travers intellectuels! Comme il est bon de pouvoir penser à sa guise, dégagé de toutes ces entraves, de tout ce bagage à idées préconçues de notre actuelle éducation, et comme au contact de ces sauvages qui en tout suivent la loi naturelle, on juge plus sainement et plus largement! Comme le cœur se trouve plus à l'aise, et comme il aime à se retremper dans tout ce qui est sincère et vrai, dans la nature en un mot! Comme les idées s'élargissent avec les vastes horizons! Le monde est un grand livre, a dit un philosophe; celui qui n'a pas voyagé n'en a lu que la première page. Et ce philosophe a raison!

Ce peuple, à un point de vue surtout, me semble bien intéressant. Réellement, je n'ai pas à le cacher, je les trouve très crânes, ces sauvages qui n'ont guère jamais dépassé en nombre 50,000 âmes, et qui depuis des siècles ont su pourtant résister à toutes les tentatives faites pour les dompter. Ils ont

lutté avec énergie et persévérance, contre la civilisation qu'on a voulu leur imposer par la force ou
par la persuasion. Expéditions meurtrières ou pré-
dications religieuses, rien n'y a fait : ils sont restés
maîtres et bien maîtres chez eux, gardant intactes,
aux portes même d'une nation civilisée dont ils
dépendent, leurs lois et leurs coutumes premières.
On ne peut nier leur vaillance. Il y a quelque chose
de grand dans cette fière indépendance dont ils sont
si jaloux, et qu'ils sont disposés d'ailleurs à défendre,
jusqu'à la dernière goutte de leur sang !

Et je crois pouvoir affirmer sans aucune crainte :
on ne civilisera pas l'Indien Goajire, on le détruira.

6 décembre 1892.

TABLE DES GRAVURES.

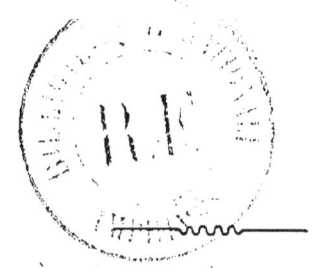

TABLE DES MATIÈRES.

Typographie Firmin-Didot et Cⁱᵉ. — Mesnil (Eure).

Typographie Firmin-Didot et C⁰. — Mesnil (Eure).

www.ingramcontent.com/pod-product-compliance
Lightning Source LLC
Chambersburg PA
CBHW071905020726
47502CB00003B/898